COLEÇÃO **e**

ficções
uRBANAS

COLEÇÃO **e**

ficções
uRBANAS

SESC
SÃO PAULO

Lazuli

COLEÇÃO e

ficções
u R B A N A S

Textos originalmente publicados na *Revista E* do Sesc São Paulo

CARLOS HEITOR CONY, DAVID OSCAR VAZ,
DIONISIO JACOB, FLÁVIO MOREIRA DA COSTA,
JOEL SILVEIRA, JOSÉ ROBERTO TORERO, LOURENÇO DIAFÉRIA,
MARCOS SANTARRITA, MARÇAL AQUINO, MORA FUENTES,
RUBENS FIGUEIREDO, SÉRGIO SANT'ANNA

Projeto gráfico: WERNER SCHULZ
Desenho da capa e dos contos: MARCOS GARUTI
Acompanhamento gráfico: EDUARDO BURATO

Editores: ERIVELTO BUSTO GARCIA, MIGUEL DE ALMEIDA
Edição: MIGUEL DE ALMEIDA
Revisão: PRISCILA FONSECA

©Sesc São Paulo e Lazuli Editora

Todos os direitos reservados

São Paulo, 2003

SESC SÃO PAULO

Av. Paulista, 119
01311-903 - CP 6643 - São Paulo - SP
Tel.: (11) 3179-3400
Fax: (11) 288-6206

LAZULI EDITORA

Atendimento a livrarias:
Tel./Fax: (11) 3819-6077
comercial@lazuli.com.br
www.lazuli.com.br

ÍNDICE

CARLOS HEITOR CONY	7
DAVID OSCAR VAZ	17
DIONISIO JACOB	27
FLÁVIO MOREIRA DA COSTA	37
JOEL SILVEIRA	45
JOSÉ ROBERTO TORERO	53
LOURENÇO DIAFÉRIA	61
MARCOS SANTARRITA	71
MARÇAL AQUINO	81
MORA FUENTES	89
RUBENS FIGUEIREDO	97
SÉRGIO SANT'ANNA	109

CARLOS HEITOR CONY

O pára-lama

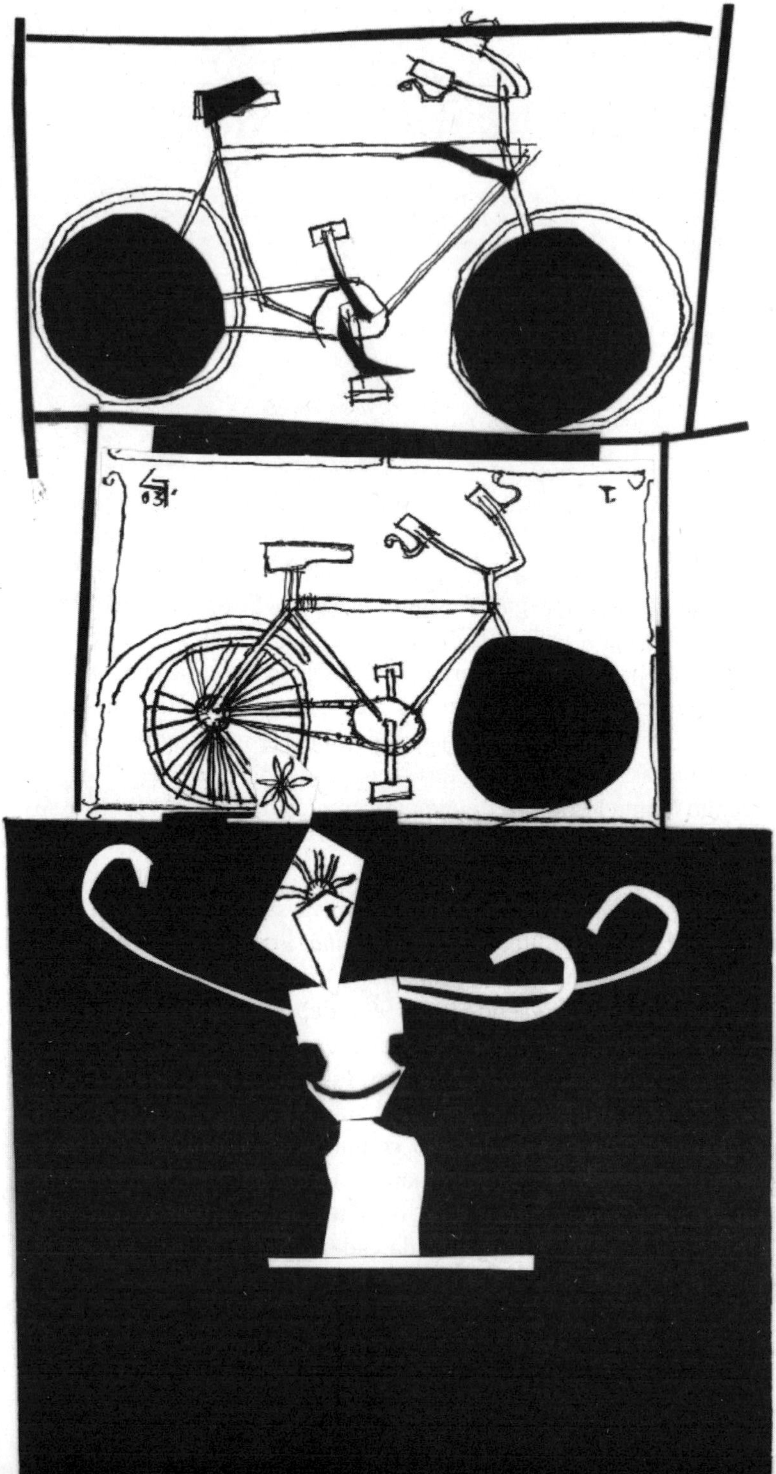

CARLOS HEITOR CONY

Carlos Heitor Cony nasceu em 1926 no Rio de Janeiro. Quando criança, tinha dificuldade com a dicção das palavras – sobretudo trocando o "g" pelo "d" – o que o tornava alvo constante de brincadeiras de seus colegas. Até que resolve escrever diversas vezes a palavra "fogão" em seu caderno. Mostra aos amigos e, como eles não riram, percebeu que para não se tornar motivo de chacota deveria dedicar-se à palavra escrita – e sua trajetória mostraria que não poderia tomar decisão mais acertada. Já em seu ingresso na literatura recebe, por dois anos consecutivos (1957 e 1958), o Prêmio Manuel Antônio de Almeida com os romances *A Verdade de Cada Dia* e *Tijolo de Segurança*. Escreve três ensaios biográficos: *Chaplin*, *Quem Matou Vargas* e *JK: Memorial do Exílio*. Paralelamente à carreira de escritor, trabalhou em diversas publicações, como no *Jornal do Brasil* e no *Correio da Manhã*. Em 1993, assume a coluna diária Rio no jornal *Folha de S. Paulo*, em substituição ao falecido Otto Lara Resende. Em 1995, depois de mais de duas décadas sem publicar ficção, lança *Quase Memória*, vencedor do Prêmio Jabuti nas categorias Melhor Romance e Livro do Ano – Ficção. No ano seguinte, recebe da Academia Brasileira de Letras o Prêmio Machado de Assis pelo conjunto de sua obra. Em 1998, lança seu décimo segundo romance, *A Casa do Poeta Trágico*, sendo agraciado novamente com o Jabuti nas mesmas categorias. Desde 2000, Cony é ocupante da cadeira número 3 da Academia Brasileira de Letras.

O pára-lama

A primeira questão levantada pelos policiais foi idiota: a vítima gritara ou não gritara? Metade dos curiosos que rodeavam o cadáver da moça afirmava que houvera um grito. A outra metade negava. Impossibilitados de promover um plebiscito sobre o assunto, ou de contratar uma pesquisa do Ibope a respeito, os policiais optaram por questões mais simples: perguntaram de onde caíra o corpo.

– Foi dali!

Apontaram para uma das janelas do sétimo andar. Acrescentaram: – Daquela janela ali, a que está iluminada, no meio de duas outras que estão fechadas.

Os policiais olharam-se e decidiram. O cadáver não precisava deles. Já definitivamente repousado na calçada, um lençol aparecera para cobrir as partes do corpo que o vestido não mais escondia. Também aparecera a vela, não uma, mas três, talvez quatro, elas surgiram sem ninguém saber de onde, e ficaram tremendo, lambendo a noite e refletindo o lençol que mal protegia o volume espesso pousado no chão. O rabecão demoraria e não havia, no horizonte, a ameaça de que o corpo fosse roubado.

O porteiro do prédio levou os policiais ao elevador:

– Aperte aí, no sete.

Os policiais apertaram o sete e o elevador parou no sétimo andar, o que não chegou a ser uma coincidência, mas uma causalidade. Havia o corredor de ladrilhos e diversas portas recentemente envernizadas.

– Deve ser aquela ali.

Apontaram para a porta que parecia entreaberta – e entreaberta estava. Nem precisaram tocar a campainha. Ao se aproximarem, a porta abriu-se cada vez mais, misteriosamente, mão cúmplice e invisível a deslocava pelo lado de dentro.

– Com licença.

Habituados a bater portas, a esmurrar portas, a arrombar portas, os policiais ficaram constrangidos. Havia, na soleira, o tapete de fibra de coco, eles limparam os sapatos ali, desnecessariamente, os sapatos não estavam tão sujos assim, eles desejavam ganhar tempo, talvez alguma coisa acontecesse. Mas nada aconteceu. Além da porta, e de um pequeno corredor interno, a sala iluminada, como se ali tivesse havido uma festa ou um culto. Não foi difícil identificar a janela aberta ao lado de duas outras fechadas: estava ali, no fim da sala, em frente.

– Foi aqui?

– Sim. Foi aqui.

Houve uma pausa:

– E foi terrível.

Os policiais tinham agora, diante de si, a mulher de trinta e poucos anos, nem alta nem magra, tipo médio de média beleza, mas confortável, digna, simpática. Vestia pijama de pequeninas flores azuis no fundo branco de uma flanela usada, os cabelos despenteados e fartos, incandescentes sob a luz. "Uma mulher que se levaria para a cama" – foi a conclusão a que os policiais chegaram para uso próprio.

– Sentem-se, por favor.

– Obrigado.

A porta aberta, a cadeira oferecida, o aspecto bom e simples da mulher, tudo fugia à rotina de um crime ou mesmo de uma ocorrência policial. Esperavam encontrar, por trás da janela do sétimo andar, o ambiente de estupor e morte, vestígios de uma briga, talvez as evidências de um assassinato – e ali estavam, invadindo o asseado repouso de uma mulher suave e solitária. – Querem saber o que se passou?

Os policiais concordaram com a cabeça. Se a mulher afirmasse que o Padre Eterno ali estivera e brigara com a morta, jogando-a pela janela, eles agradeceriam a informação e levariam para o distrito a notícia: Foi o Padre Eterno!

Mas a mulher não acusou o Padre Eterno.

– Sou a irmã dela. A mais velha. Elsa tinha 30 anos, eu tenho 33. Somos irmãs mesmo, posso mostrar os documentos.

Os policiais não duvidaram.

– Ela era Elsa, Elsa Fernandes Saldanha. Eu sou Elisa Fernandes Saldanha. Éramos amigas, vivíamos juntas, nunca nos separamos, nem mesmo quando nossa mãe morreu, faz algum tempo. Não conhecemos nosso pai mas isso nunca nos fez falta, sempre tivemos o que comer, o que estudar, o que fazer. Éramos felizes quase sempre, seria exagero dizer que nunca nos sentimos infelizes. Não nos casamos, nem eu nem ela ligávamos para o casamento. Vivíamos bem – repito – temos alguma renda, dou aulas particulares, ela também tinha um emprego. – Era prostituta?

– Não. Assistente social.

A mulher ofereceu:

– Tomam alguma coisa?

– Obrigado. Estamos de serviço.

A conversa era tão informal que a moça podia objetar: não, não considerem isso um serviço. Preferiu não insistir na gentileza.

– Bom, o que se passou com a minha irmã é um caso difícil de explicar, embora fácil de demonstrar. Tinha uma paixão que a levaria, mais cedo ou mais tarde, ao suicídio. Por favor, me acompanhem.

Os dois policiais levantaram-se e seguiram a mulher, que deixou a sala, penetrou no pequeno corredor e parou diante de uma porta.

– Aqui era o quarto dela. Podem entrar, os senhores verão com os próprios olhos.

Entraram no quarto: coisa pequena, abafada, o armário embutido tomando uma das paredes, a pequena mesa, uma cadeira, a cama desfeita, como se alguém houvesse acabado de levantar-se, um pé da sandália verde, o tapete. Seria e era um quarto normal se não houvesse pelas paredes, pelas portas do armário, pela mesa, até mesmo pelo chão, uma porção de fotos de bicicletas. Coloridas, pequenas, grandes, recortadas de revistas e de catálogos de fábrica, de vários tamanhos e feitios e cores e usos, cintilantes, opacas, cromadas, multicores, embandeiradas, desmontadas, lívidas, gritantes, estáticas, abandonadas, puras, destacadas – entidades à parte de um universo niquelado e frágil. E além de tantas bicicletas, havia em cima da cama um pára-lama escuro – pára-lama de bicicleta, era evidente: uma estreita faixa de aço esmaltado em negro, em forma de meia-lua, os furinhos para a colocação dos aros nas rodas.

Apesar de abandonado no centro do leito, parecia uma peça do próprio leito, mais do que o lençol, a colcha, o travesseiro.

– Estão vendo?

A pergunta, apesar de idiota, obteve resposta dos policiais, que só depois que a responderam acharam que tanto a pergunta como a resposta eram idiotas: – Sim, estamos vendo.

Estavam vendo, mas não estavam entendendo. Para que e por que tantas bicicletas? Para que e por que aquele pára-lama em cima do leito? O que tinha aquilo tudo a ver com o corpo espesso, estatelado lá fora, na calçada? A mulher compreendeu que os homens não compreendiam e disse naturalmente, como se desse bom dia:

– Ela se apaixonou por esse pára-lama!

A frase, solta ali no quarto, não espantou os policiais, que decididos ficaram a não mais se espantar dali por diante. Quase cometeram um exagero, concordando com a cabeça, sim, sim, ela se apaixonou por um pára-lama, há mulheres que se apaixonam por cantores de rádio, por artistas de cinema, por vizinhos, por homens casados e proibidos, essa aí se apaixonou pelo pára-lama e por isso está lá embaixo, coberta pelo lençol e cercada de velas, no meio da rua e da noite.

Tampouco tiveram a coragem necessária para a necessária pergunta: E daí? A mulher apanhou a pergunta no ar e resolveu fazê-la, por conta própria: – E daí? Bom, e daí é que faz alguns anos, dois talvez, que ela trouxe esse pára-lama para casa. Dormia com ele, abraçada nele, como um amante. Chorava às vezes, e quando eu vinha ver o que havia, encontrava a irmã de joelhos, chorando, beijando o pára-lama. Mas nem sempre chorava. Conversava com ele, durante muitas noites ouvia-a gemer, eu vinha na ponta dos pés e a encontrava agarrada ao pára-lama, soluçando, saciada. Os senhores são homens esclarecidos, na certa compreenderão.

Os policiais abaixaram a cabeça diversas vezes, em parte para concordar que compreendiam, em parte para lamentar os acontecimentos. Um deles se aproximou da cama, mas a mulher foi mais rápida, colocou-se no caminho, como a proteger o pára-lama de uma invasão.

– Não precisam mexer, é um pára-lama comum, já velho, tem até um pouco de ferrugem. Minha irmã tinha ciúmes dele. Andava deprimida ultimamente, chorando pelos cantos, tomava pílulas para dormir. Hoje à tarde, ela saiu muito excitada. Andou pela rua sem fazer nada, apenas para acalmar os nervos. Trancou-se depois aqui no quarto. Ouvi o choro dela mas não dei importância, já me habituara. De repente, a porta se abriu com violência. Antes que eu pudesse fazer qualquer coisa, ela correu para a sala, duas janelas estavam fechadas, mas havia a do meio, aberta. Subiu no peitoril e saltou. Tive tempo, ainda, de roçar minha mão pelo seu corpo, mas não consegui agarrá-la. Ela caiu.

– Gritou?

– Não sei. Não ouvi nada, talvez tenha gritado. Quem ouve um grito assim? A mulher fez um gesto doloroso, não querendo falar mais no assunto. – Bem, os senhores viram o quarto dela. Sabem tudo agora.

Voltaram para a sala. Ela apontou com a mão:

– Foi desta janela.

Para fazerem alguma coisa, os policiais examinaram o peitoril. Não havia marcas. Mas lá embaixo, na calçada, velas tremiam – agora eram seis, talvez sete, lambendo a noite, ao redor do cadáver. Sim, não havia dúvida, o cadáver caíra dali, a moça subira o peitoril e se atirara contra a calçada. – Lamentamos muito. O caso está encerrado. Nossas condolências pela morte de sua irmã (e os policiais sentiram-se polidos ao usarem a palavra "condolências"). Teremos de chamá-la ao distrito, mais tarde, para as formalidades. Mais uma vez, aceite nossas condolências – quase berravam a palavra.

A mulher acompanhou os policiais até a porta. Ela mesma lembrou:

– Não querem dar uma espiada no meu quarto?

– Não precisa. Estamos satisfeitos.

Por mais que espremessem o crânio, não encontravam agora um jeito de introduzir a palavra "condolências" na frase. A mulher, sim, introduziu-os no elevador.

– Boa noite.

– Boa noite.

A mulher retornou ao apartamento, fechou a porta. Só então reparou que a sala estava inteiramente iluminada, como se ali tivesse havido uma festa, ou um culto. Ela apagou as luzes, uma a uma, até sentir a escuridão compacta, pastosa, de encontro ao rosto. Não queria olhar mais o peitoril, onde, há pouco, lutara com a irmã, até conseguir suspendê-la e jogá-la pela janela. Sem pressa, tomou a direção do quarto da irmã. Praticamente a arrastara do quarto à sala, apelou para a força quando a outra suspeitou que seria atirada pela janela.

"Podia ter sido pior. Ela está morta. E aqueles idiotas não desconfiaram de nada."

Entrou no quarto da irmã. Estava escuro ali. O pára-lama ficara jogado no meio da cama. Ela o agarrou com a intimidade certa de seus dedos aflitos. Abraçou-se ao pára-lama, beijou-o. Rolou pela cama, as narinas em fogo: "Agora sim! Agora sim!"

dAVID oSCAR vAZ

A Casa

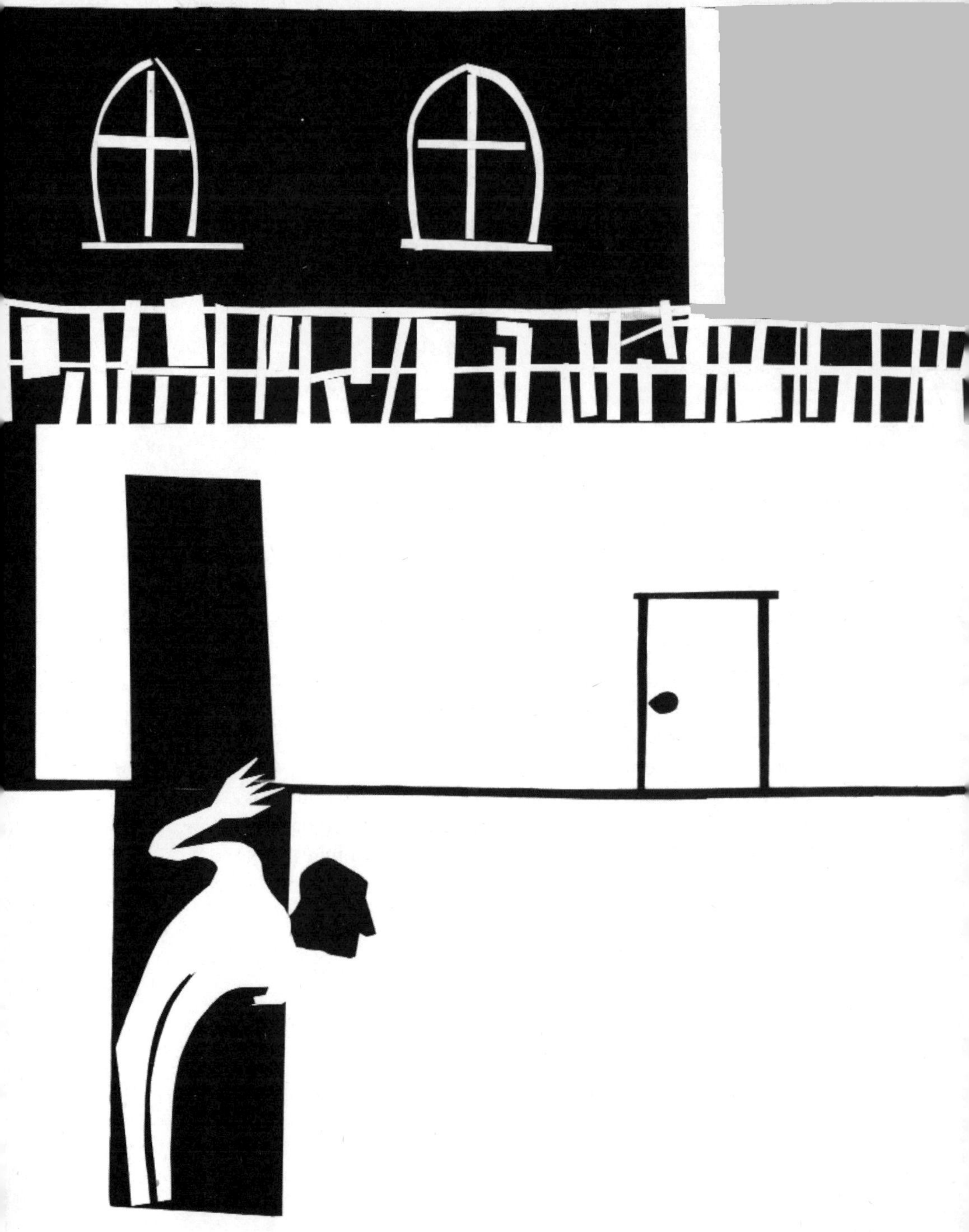

DAVID OSCAR VAZ

Logo em sua estréia como ficcionista, David Oscar Vaz arrebatou o troféu da Associação Paulista dos Críticos de Arte, APCA, como Autor Revelação de 1997 pelo livro de contos *Resíduos*. A partir de nove narrativas, a obra aborda temas de grande tensão e densidade, revelando, ao mesmo tempo, o lirismo subjacente aos fatos da realidade comum de nosso cotidiano. Em 2001, o escritor confirma sua habilidade narrativa em mais uma reunião de contos, *A Urna*, que apresenta histórias de personagens comuns colocados diante de situações-limite, vivenciando experiências de intenso significado emocional. Segundo Amador Ribeiro Neto, crítico de *O Estado de S. Paulo*, os contos de David são machadianos. "Em *Resíduos*, a literatura é praticada como campo de rigor da linguagem e, ao mesmo tempo, como um território onde se expõe a complexidade da existência humana. Ou seja, o escritor prova que sabe se ocupar da arte da palavra e da vida dos homens."

A Casa

> *"Talvez eu tenha criado as estrelas e o sol e a enorme casa, mas já não me lembro."*
>
> (*A Casa de Asterion*, Jorge Luis Borges)

A noite estava quente apesar da chuva da tarde. O homem penetrou no jardim da casa, sentou-se ao lado da cerca viva lateral e fez de um grande tronco o escudo que o ocultava dos olhos da rua. Nessa posição, seus pés se empapavam numa poça amarela. Os outros chegariam logo, pensou não sem alguma resignação e algum medo. Mais uma vez, mas agora em condições menos tranqüilas, ele veio ver a casa. Seus olhos buscaram a porta lateral. Devia estar aberta, e isso era mais que um pressentimento. A casa toda penetrava-lhe pelos olhos. A vista foi escalando os andares superiores, os pavimentos haviam de ser três ou quatro irregulares, as janelas tinham formas ogivais e as paredes, silenciosas e cinzentas. A falta da luz do sol e o medo desvaneciam-na.

Euclides aspirou com dificuldade o ar úmido da noite e, como se esquecesse de sua condição de fugitivo, fechou os olhos.

Continuou a ver a casa projetada na escuridão das pálpebras. Quando foi a primeira vez que a encontrou? Não sabia e, às vezes, duvidava que tivesse havido uma primeira vez. A casa lhe era imprescindível. Vinha vê-la de quando em quando e dali, do outro lado da rua, petrificado ao muro, deixava-se ficar por muito tempo a riscar com os olhos suas exatas linhas. Os moradores? Nunca os vira, mas o jardim estava sempre bem tratado e, à noite, a casa iluminava-se com discrição.

Você é um sonhador! – disse para si, repetindo a frase que alguém certa vez dirigiu a ele. – E um idiota também – completou.

Encheu os pulmões como se quisesse engolir a noite. Pensou na prisão e repetiu a jura de nunca voltar para lá; pensou no crime que lhe imputaram e na sua inútil defesa; pensou no vazio que havia em sua memória da noite do crime. Nem quando lhe relataram os detalhes ele se lembrou de nada. Aceitou-se criminoso como aceitava a comida que lhe davam na prisão: não se tratava de uma escolha. Amargou cada longo dia dos dias que lhe faltou a liberdade; não compartilhou com nenhum colega de aflições nenhuma dor íntima.

Ao sair, e isso foi há algumas semanas, atirou-se a vingar todo o tempo perdido. Queria expandir-se, queria ser do tamanho de uma noite de liberdade. Bebeu com muitos homens, deitou com muitas mulheres, foram tantos e tantas que agora todos os rostos se confundem e, na vontade de lembrá-los, perdem-se. Brigou algumas vezes, feriu; chegou ao roubo. Em uma noite, entregou à polícia um amigo; em outra, meteu três tiros num soldado da Rota, contribuindo, assim, para o nascimento de um herói e de um desejo de vingança entre colegas de farda. Estava perdido e, agora, ali no jardim, sabia que de tempo só lhe restavam migalhas.

De repente, um ruído próximo. Debaixo de uma jardineira, a uns quatro metros, algo se moveu. Euclides puxou o revólver para perto do peito, firmou a vista e o punho. Não era nada, só um mendigo, um farrapo de humanidade mergulhado em seu sonho. Coçou-se, falou algo numa língua incompreensível e silenciou. Euclides olhou-o com repugnância, no fundo com inveja.

Euclides notou que havia muita luz entre o local em que estava e a porta lateral. Numa corrida seria um alvo fácil, se bem que sabia correr muito bem, tinha as pernas de lobo guará, como dizia a avó. Isso trouxe-lhe uma recordação antiga. Houve um tempo, quando menino, em que tinha de levar marmita para o pai e não foram poucas as vezes que teve de fugir de outros meninos. Nunca o pegaram. O pai na época já era um velho; tolerado por uma imobiliária, passava os dias em mansões à espera de possíveis compradores. Quando estes apareciam, mostrava-lhes a casa e punha-os em contato com os corretores de verdade. Vendida a mansão, deslocavam-no para outra. Euclides pensou com alegria nesse tempo que lhe parecia estranhamente pertencer a uma outra vida. Esperava que o pai terminasse de almoçar; esperava que, como sempre, o pai lhe contasse uma estória. E eram as aventuras do Barão e seus amigos extraordinários, ou as desventuras de uma criatura meio homem e meio touro, preso num labirinto que era também sua casa. Depois, quando o pai lhe permitia, ia percorrer as escadas e os cômodos; inventava então outro Euclides com quem brincava numa cozinha ou corredor, com quem conversava em algum pátio. Um dia tudo isso terminou. O menino chegou com a marmita e encontrou o pai deitado na sala. Aproximou-se, pôs-lhe o dedo na testa para acordá-lo, mas a testa estava fria.

Enquanto recordava, a tristeza empurrara outros sentimentos e ombreava-se agora somente com o medo.

Outro barulho lembrou-lhe do perigo; logo estariam em cima dele. Estava cercado e já podia ver no escuro mais escuro dos olhos cerrados o piscar medonho das viaturas. Foi então que o mato mexeu ali e aqui e um cão ladrou perto. Abaixo do pomo-de-adão pulsou involuntária a tenra carne do pescoço. Era a hora. Apenas alguns minutos haviam se passado desde sua entrada no jardim, e a vida toda parecia caber ali. Não podia mais lembrar: era a hora! Euclides enfiou o que pôde de coragem dentro de si e ergueu-se num salto. Pulou para a perigosa zona de luz e começou sua corrida em direção à porta lateral. Havia de conseguir, mas, mal tinha dado o segundo passo, sentiu a terra deslizar sob seus pés. Todo seu corpo tocou o solo sob terríveis estrondos e uma horizontal chuva luminosa de disparos. Pressentiu que era o fim. No chão ouviu próxima uma voz gutural e absurda, era o mendigo apanhado no meio do corredor entre o sono e a vigília. Viram o pavor um nos olhos do outro. Mas os tiros prosseguiam e um novo salto levantou Euclides, colocando-o de volta na corrida. Tinha as pernas de lobo guará, como dizia a avó, e correu no limite do possível; nunca o pegariam, venceria de novo. Sua mão chegou à maçaneta, girou-a, entrou.

Prendeu a porta com o corpo. Conseguira. O rosto estava gelado e úmido, as pernas bambas, os sentidos querendo deixá-lo.

Controlou-se. Era um milagre a porta estar aberta, aceitava-o como aceitava o fato de não estar ferido. Muito barro, restos de grama, mas nenhuma mancha de sangue, nenhum arranhão, nada.

Persignou-se. Notou, no entanto, uma falta inconsolável: o revólver.

Perdera-o na corrida. Sentiu vontade de rir, como podia ser tão estúpido! Paciência; estava vivo. Do lado de fora, agora, era o silêncio, um estranho silêncio. Euclides olhou em volta e a casa parecia deserta. Aceitou feliz mais este pequeno milagre sem ponderar. Pareceu sentir um fresco cheiro de incenso, as paredes tinham a cor creme e uma luz frouxa predominava em toda a parte. Intuiu a existência de uma escada à esquerda, encontrou-a. Quis saborear cada instante da casa, mas ainda não se permitia.

No segundo andar, olhou pelo canto de uma janela e respirou mais tranqüilo: tudo estava em paz, nada que revelasse uma iminente invasão. Ao lado de uma viatura com as portas escancaradas, dois guardas conversavam. Noutro ponto, havia um número maior de fardas. Euclides estremeceu com o que viu. No meio dos guardas, no local onde ele há pouco caíra, havia um homem morto.

Alcançou outra janela menos míope, um policial levava sua arma enlameada para aquele que parecia ser o superior, outros carregavam o corpo. Quando chegou a outra janela, já haviam jogado o corpo para dentro do camburão e preparavam-se para partir.

Uma ruga cravou-lhe na testa. Uma idéia horrível passou-lhe por dentro, mas ele a repudiou. Subitamente arregalou os olhos e teve vontade de pular de alegria: o mendigo. E parecia ter voltado a ser criança: o mendigo morrera no seu lugar! Era isso; só podia ser isso! Alimentou a idéia com carinho e ela o bastou. Os homens foram embora; não havia mais com que se preocupar, estava cansado, mas feliz.

A casa agora era só sua. Numa sala do segundo andar, rodopiou e dançou, numa outra do terceiro sentiu que podia voar. Por fim, sentou-se diante de uma ampla janela. Olhou as piscantes luzes da cidade e tudo era bonito. Saboreou a leveza dessa eternidade.

As luzes eram mesmo muito bonitas. O pensamento rejeitado há pouco arrumou um jeito de voltar, mais uma vez Euclides o mandou embora. Era um pensamento mau, uma idéia feia de que talvez nada daquilo fosse real, que talvez ele tivesse inventado outro Euclides e o colocado ali sentado em frente à janela, enquanto de verdade agonizava no fundo escuro de um camburão.

Afastou este pensamento triste e, carregado de felicidade, deixou cair as pálpebras e dormiu... dormiu profundamente.

dionisio jacob

O enfermeiro Militão -
Uma Lenda Urbana

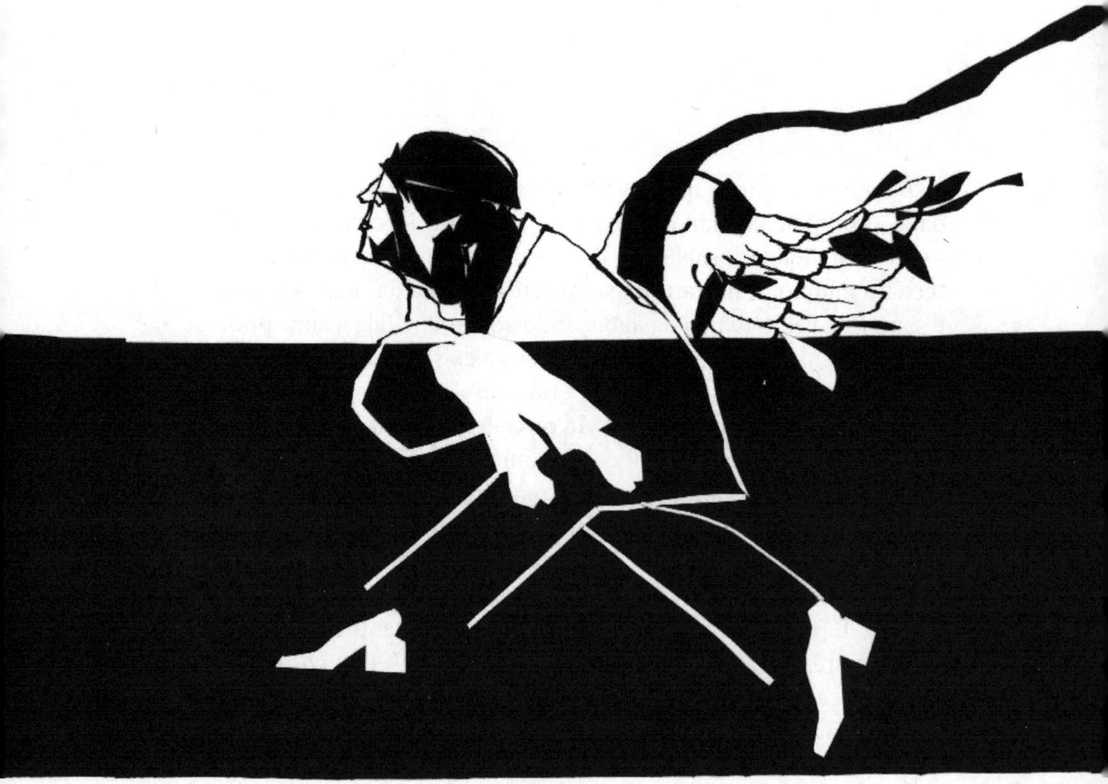

dIONISIO jACOB

"Eu acredito que o que leva alguém a escrever é uma necessidade profunda de dar expressão à uma voz interna. De outra forma a atividade jornalística bastaria para informar o que acontece no mundo. A literatura usa os fatos do mundo, mas seu foco é sempre o velho teatro da alma. Tudo aquilo que fala à alma pode inspirar ou motivar um texto. Mas sempre existe alguma coisa que 'toca' mais a gente e geralmente essa 'coisa' é o que traz à tona a tal voz interna: o tom ou estilo de cada escritor." Assim o escritor Dionisio Jacob, também conhecido como Tacus, define seu ofício. Com atividade em vários campos, como literatura, artes plásticas e arte-educação, Dionisio foi um dos fundadores do grupo Pod Minoga, na década de 1970. Tem atuado como roteirista de programas infanto-juvenis, como *Rá-tim-bum*, *Castelo Rá-tim-bum* entre outros. "É preciso puxar pela criança interna no sentido de trazer o lúdico até o texto. Mas tem de vir de dentro, senão corre-se o risco de cair na estereotipia", aconselha. Para o autor, mesmo entre obras para crianças, os melhores textos são aqueles nos quais se encontra uma expressão pessoal. Ele conta que escrevendo para os mais jovens muitas vezes aconteceu de certas passagens que mais o divertiram ao escrever, corresponderam àquelas que as crianças mais gostaram de ler. "Acima de tudo deve haver a necessidade de se buscar sempre a boa literatura, em qualquer gênero." Recentemente Dionisio Jacob publicou pela Companhia das Letras o romance *A Utopia Burocrática de Máximo Modesto*, que recebeu indicação para o Prêmio Jabuti 2002.

O enfermeiro Militão
Uma lenda urbana

É fácil contar a história da breve vida do enfermeiro Militão: ele mesmo era uma pessoa da mais profunda simplicidade. O difícil é tentar explicar por que Militão tornou-se um enfermeiro. Seria o mesmo que tocar aquelas forças insondáveis que presidem o destino humano e que, seguramente, estão fora do alcance das nossas especulações.

Isso porque ninguém poderia ser menos enfermeiro do que Militão. Ele era a própria antítese do enfermeiro, principalmente se levarmos em conta o quanto de pequenos movimentos sutis com que é feita essa profissão nobilíssima. Trata-se, sem dúvida, da mais atenciosa das ocupações humanas. E Militão tinha o tipo físico de um sargento, desses que arrepiam a tropa com o mínimo levantar de sobrancelhas. Enorme, escurão, bigodudo, sua voz grave dominava qualquer ambiente. Que pulmões!

Neste ponto alguém poderia contra-argumentar que tamanho grande não significa necessariamente insensibilidade ou falta de destreza. Basta lembrar daqueles elefantes que são capazes de atravessar um ambiente repleto de vidros sem quebrar nenhum. Mas esse não era o caso do Militão. Para ele, atravessar uma sala era uma operação que devia se dar em linha reta, independentemente do que estivesse no caminho. Tudo caía quando ele passava.

O certo é que, por algum motivo, ele fez o curso de Enfermagem, com especialização em terceira idade, e foi trabalhar numa casa de repouso, onde se transformou numa espécie de terror constante para os idosos que lá pensavam em encontrar um ambiente sereno. Mas se faltava algum jeito, sobrava seriedade e atenção. Atendia ao menor chamado sem jamais aparentar cansaço. Ria com estridência de piadas antigas e era ótimo ouvinte.

Com o tempo foram aumentando suas atividades no estabelecimento. Além da ocupação profissional de enfermagem, limpava calhas, realizava serviços hidráulicos e servia como mecânico dos carros da casa. Também era pintor de paredes, quando necessário. E cuidava do almoxarifado. Fora que a segurança do local nunca foi tão garantida, pois sua presença impunha considerável respeito. Tornou-se, pois, insubstituível. Por causa disso, os velhinhos, depois de passado o primeiro susto, afeiçoavam-se muito a ele. Sua presença nas dificuldades era tão certa como a própria morte e havia nele alguma coisa de rochedo, de firmeza, de vigor físico que decerto devia assombrar aqueles seres fragilizados pela longa existência, cujo menor movimento demandava toda a energia disponível.

Às vezes surgiam reclamações. Principalmente pela falta de paciência, seu grande defeito. Militão não conseguia esperar que o idoso se locomovesse até a cadeira de rodas, mesmo que isso fosse recomendado pelo fisioterapeuta. Ia logo agarrando o venerável senhor e o entrunchava na cadeira de um modo talvez brusco, mas indolor. Manuseava os velhinhos como se fossem de brinquedo. Alguns pareciam criaturas portáteis nas suas mãos grandes, tal o modo como os erguia, dobrava as pernas, cruzava os braços, fazendo em poucos minutos, às vezes segundos, o que o paciente levaria, inevitavelmente, parte da manhã para realizar. Pareciam bonecos que Militão transportava para cima e para baixo, tirados e postos seguidamente da cama, da cadeira, do sofá, do sol, da sombra e do banho.

A presença do enfermeiro no ambiente tinha também o poder milagroso de terminar com todos os achaques e tremulências. Para não serem manuseados daquela forma imprudente, todos procuravam manter-se rijos e bem dispostos, dentro, é claro, das suas possibilidades. Outra reclamação constante contra o enfermeiro dizia respeito à sua suposta grosseria. De fato, Militão era duro com coisas como incontinência urinária. Possuía um olfato apurado e, no meio de uma tarde calma, sua voz possante era muitas vezes ouvida ecoando pelos aposentos:

– Quem mijou?!?

Era um tanto constrangedor, sem dúvida. E, para piorar, ele ainda tinha a mania de chamar todos de "velho", ou "velha". Não conseguia decorar nomes. Parece mesmo uma grande grosseria dizendo assim. Mas não era algo agressivo, feito com a intenção de ofender. Era tão-somente um traço do caráter de Militão, uma falha de formação, um jeito "bronco" de ser. Mas ele jamais se negava ao mais humilhante dos serviços, jamais deixava transparecer desânimo ou enfado. Assim, como já foi dito, apesar dos pesares, era muito querido. Principalmente porque muitos daqueles velhinhos estavam sendo abandonados de forma educada pelas suas famílias e não tinham uma opinião muito positiva da humanidade àquela altura das suas vidas.

Alguns construíram pequenos impérios que agora estavam sendo disputados avidamente pelos filhos. Uma senhora possuía uma linda casa num bairro elegante, que passou para o nome da filha. E esta não queria mais a mãe em nenhum aposento. Militão se enervava quando ouvia algumas dessas crônicas azedas. "Assim é a vida", refletia, indignado com a ingratidão.

Mas o que tornou Militão um personagem público, com direito a uma breve – porém impressiva – aparição na mídia foi o episódio que narrarei em seguida, e que se iniciou na casa de repouso. Aconteceu num dia de verão quando, depois de um calor insuportável, caiu uma daquelas tempestades tremendas que paralisam a cidade. As avenidas marginais inundaram, as árvores caíram, o trânsito pareceria uma fotografia de tão parado, não fosse o som ensurdecedor das buzinas que entoavam uma ode apocalíptica. No meio daquilo, um dos velhos da casa de repouso foi vítima de um ataque convulsivo grave. Havia um quadro clínico, trazido pelos filhos, dizendo que nesses casos ele deveria ser internado num hospital utilizado pela família, situado no bairro do Paraíso. Ora, a casa de repouso ficava em Perdizes, de modo que algo entre quatro e cinco quilômetros separava os dois locais.

Na hora da crise, Militão estava enfrentando a fúria da natureza com um rodo na mão, pois a água havia invadido um dos quartos superiores, através de uma fenda na laje. Com a calça arregaçada até as canelas, descalço, o negrão parecia um possesso tentando controlar o elemento líquido. Num dado momento, olhou pela janela e viu, no pátio da entrada, um movimento anormal. Desceu para verificar a que vinha aquilo tudo e inteirou-se da situação: o motorista não tinha conseguido sequer sair da clínica, pois a rua em frente estava inteiramente congestionada. E o estado do enfermo piorava. Enquanto todos discutiam o que fazer, Militão permaneceu em silêncio, como que pensativo e, num ímpeto, gritou:

– Me dá o velho!

Não houve tempo de reação. Ele agarrou o idoso como se fosse algo muito leve, um saco de farinha, um embrulho, e desabalou a correr. O gerente do asilo ainda tentou gritar para que ele voltasse. Tarde demais. A partir daqui a realidade se mistura com a lenda. Algumas testemunhas oculares da incrível corrida de Militão afirmam que se impressionaram com o surgimento daquela "coisa" gigantesca, negra, vestida de branco, descalça, voando pelas ruas com "alguma coisa" nos braços.

Dizem que, quando não via por onde correr, não hesitava em saltar pelos capôs dos carros, chegando a percorrer um quarteirão todinho sobre os automóveis. O que provocava a saída apavorada de quem estivesse dentro dos veículos, que julgavam por certo estarem sendo atacados, quem sabe, por alguma chuva de meteoros. E quando Militão voltava para a calçada, disputava cada espaço com a fúria de um Obdúlio Varela batendo em brasileiros na final de 1950. Latas de lixo espirravam e quem não saltasse estava arriscado a ser atropelado pelo implacável velocista. A sorte é que ele gritava "Olha a frente!", com uma poderosa voz de puxador de escola de samba.

O certo é que Militão conseguiu chegar ao hospital e entregar o paciente aos cuidados necessários. O "velho" não apenas sobreviveu, apesar dos 80 anos, como chegou até os 86. Já Militão morreu naquela noite mesmo. Logo que "entregou" o homem que acudia na recepção, começou a passar mal e teve um ataque fulminante do coração. Nem ele mesmo sabia que era cardíaco.

Ao seu enterro foram todos os velhinhos que viviam sob os seus cuidados e que admiravam, assombrados, a figura expressiva do negrão, rijo, em seu humilde esquife. Olhavam absortos para a falência do vigor físico, eles sempre tão frágeis em suas eternas constipações. Sentiam-se órfãos de algum modo e perguntavam-se, por certo, onde se encontraria, afinal, a verdadeira delicadeza, a nobreza da alma. O enquadramento da morte transformara a vida do enfermeiro de circunstancial em destinada e o que era grosseiro passou a ser digno. Alguém fez um discurso no qual mencionou o célebre maratonista grego. E alguém comentou em voz baixa que o rosto de Militão, escanhoado, parecia o de uma criança crescida. Mas, afinal, quem de nós – incluindo os mais provectos – não é uma?

fLÁVIO mOREIRA DA cOSTA

Cachorrão

fantasiei meu coração e o povo de alegria...

FLÁVIO MOREIRA DA COSTA

O escritor, tradutor e jornalista Flávio Moreira da Costa é um ficcionista nato, um mestre na montagem de informações que o leitor procura ansiosamente. Quando tinha pouco mais de 20 anos, Flávio trocou as aulas teóricas da Faculdade Nacional de Filosofia por um aprendizado prático da vida: os botecos freqüentados por Nelson Cavaquinho, que o chamou a vida inteira de "Cróvis" e de quem traçou um detalhado perfil baseado no que pesquisou por conta própria, mas principalmente no que Nelson contou em primeira mão. O gaúcho nascido em 1942 organizou várias coletâneas e antologias, como *Onze em Campo e um Banco de Primeira*; coordenou coleções como *A Prosa do Mundo* e *Local do Crime* e, há 15 anos, mantém uma oficina de ficção. Tem textos publicados em várias antologias no exterior e traduziu, entre outros, Graham Greene, Gustave Flaubert e Juan Carlos Onetti. No Brasil, colaborou com os principais jornais e revistas como repórter, redator, editor, colunista e crítico. Em Portugal, escreveu para o *Diário de Lisboa* e *Colóquio/Letras*. Flávio tem 19 livros publicados. O primeiro prêmio veio com *Malvadeza Durão*, em 1978 (Prêmio Nacional de Contos/Paraná). Em 1997, *O Equilibrista do Arame Farpado* recebeu o Prêmio Jabuti/romance, o Prêmio Machado de Assis de Romance da Biblioteca Nacional e o Prêmio da União Brasileira de Escritores e foi finalista do Prêmio Nestlé. Em 1998, *Nem Todo Canário é Belga* recebeu o Prêmio Jabuti/contos.

O Cachorrão

As pernas do Cachorrão já não andavam mais.

Houve um tempo (era uma vez) que sim, caminhavam, pulavam, corriam, fugiam, até o dia em que parece que o destino bateu à sua porta, mas na rua, a céu aberto. Rotina, polícia ao morro: entre outras tantas sem direção, uma e só uma e solitária bala alojou-se naquele espinhão, espinhaço, que sustentava – como um mastro as velas cheias – o corpo-só-músculo de Cachorrão.

Cachorrão cumpriu pena na Ilha Grande.

Por bom comportamento ganhou condicional. Voltou pro morro, lá em cima, longe das tentações, ilhado da cidade e na própria cidade. Quase não descia.

O Cachorrão tinha um barraco, uma cadeira de roda e uma companheira. O barraco era de zinco e alvenaria; a cadeira de roda de terceira ou quarta mão; e a companheira, Durvalina, mulata redonda e risonha que, além de aparar arestas e segurar pepinos, enfrentava o batente de enfermeira num hospital público.

Cachorrão passava o dia em cima da cadeira de roda e em frente do barraco. Papeava com os vizinhos, batia papo com ele mesmo, a olhar a cidade esparramada lá embaixo. Luzes do céu, brilhos da noite, ruas e carros correndo escondidos. Em que pensava Cachorrão? Dizem que quem não faz, manda – mas quem cisma faz o quê?

Ora, paralítico não é presunto metido em pijama de madeira debaixo da terra. Quem é vivo sempre parece e aparece. E quando o afilhado e protegido Jorginho Tiroteio aparecia, Cachorrão descia ao pé do morro. Era uma mão-de-obra: a barriga de Cachorrão, dobrada em V, apoiava-se no ombro de Tiroteio e os dois seguiam pelas ruas, ruelas, escarpas e escadinhas – até a birosca, o terreiro da Vovó d'Angola. Bom axé, por mistério ou ofício de Xangô e Ogum no que talvez fosse o raro gesto humano, humilde na vida de Jorginho Tiroteio. Era de vez em quando e Cachorrão aliviava as idéias, trocava assunto, soltava o riso, se esquentava com a branquinha e se aconselhava com os búzios da Vovó.

Ficava de alma lavada. Serviço completo de leva-e-traz, Jorginho-Tiroteio sustentava Cachorrão no ombro e percorria o caminho de volta e das pedras, que morro acima a conversa era outra, xará. Naquele iri-biri acertavam o papo, mesmo com Cachorrão em posição desacertada, testa pro chão: verdade é que Jorginho Tiroteio mais escutava e aprendia do que falava e dizia. Cachorrão era pai que nunca teve e viu, e era assim a educação no morro: bandido novo respeitava bandido aposentado.

Acontecia assim e assado e muito mais: moleque, pivete, trabalhador, malandro, batalhador e até mulher apaixonada ou abandonada – todos faziam visita e romaria. Cachorrão sabia escutar, sabia falar: para cabeça incerta, uma sentença certa, certeira. Em briga de marido e mulher não se mete a colher? Mas eles vinham atrás dele, desabafavam, se xingavam, se acalmavam, apaziguados ou resignados, que a vida era mesmo que nem trem da Central, espremida, com freadas bruscas, isso mesmo, em cima dos trilhos, zoando nas curvas. Moral Cachorrão tinha, desde os tempos de bandidagem profissional, camiseta em cima do corpo, pernas no chão da cidade. No morro o pessoal sabia: ajudava as crianças, respeitava as mulheres, protegia a rapaziada. Legal e leal, gente fina enfim, Cachorrão depois da prisão e da cadeira de roda aumentou sua filosofia sobre a vida e o morro. Até trombadinha, antes de enfrentar o asfalto, trocava palavrinha com ele, pedia a bênção.

Se não havia poesia nessa vida, nego inventa poesia nas idéias: pois ninguém nunca havia imaginado antes, mas Cachorrão virou compositor. Duma caixinha de fósforos, tirava samba, pagode, partido alto. Os carnavalescos escutavam, na moita. Acabaram escolhendo um samba enredo dele. Nos ensaios todos sabiam de cor:

"Fantasiei meu coração
e o povo de alegria

mesmo na contramão
da passarela e do dia..."
Na hora em que a escola ia entrar na avenida, como um passarinho a se misturar com as cores dos adereços e das alegrias, no entanto em silêncio, ao contrário dos surdos, tamborins, reco-recos e baterias, o coração de Cachorrão falhou no compasso.
Foi ataque fulminante.
A imprensa nem falou nada.
O morro todo chorou – e era Carnaval.

jOEL SILVEIRA

Nó cego

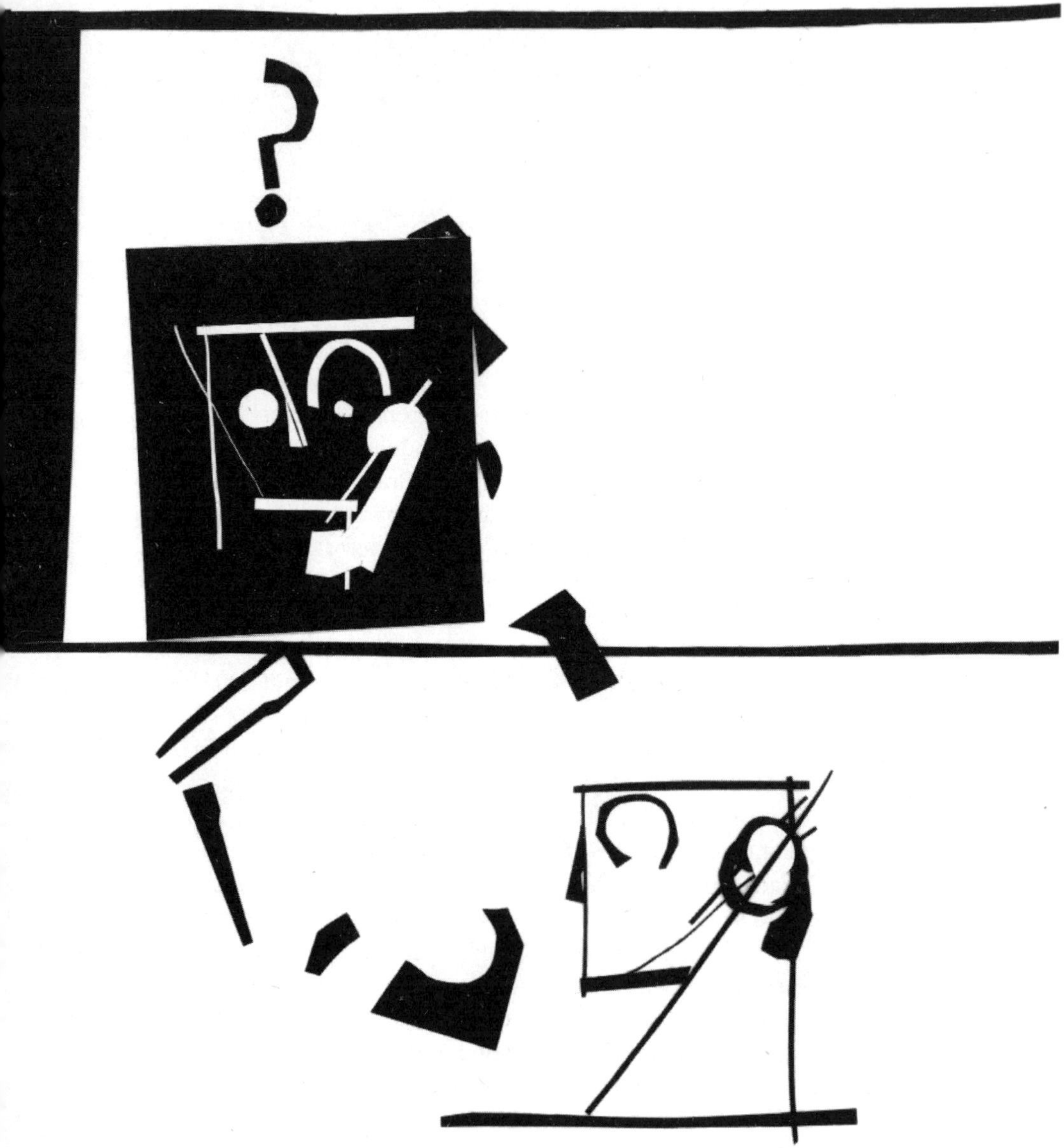

JOEL SILVEIRA

Joel Silveira é sergipano de Aracaju. Nasceu em 1918, mas desde 1937 mora no Rio de Janeiro. Entre os prêmios que ganhou, como o Jabuti e o Libero Badaró, está o Machado de Assis – importante condecoração oferecida pela Academia Brasileira de Letras. A mesma que elegeu Zélia Gattai em vez dele para a cadeira deixada por Jorge Amado. "Mas eu sabia que ia ser derrotado", disse em uma entrevista na época. "Não fiz campanha nenhuma." Aos 84 anos, definitivamente sua preocupação maior não é virar imortal, mas sim poder compartilhar com todos os mortais a história de sua vida, como escritor e como repórter. Por isso lançou, em 2001, o livro *Memórias de Alegria* (Mauad Editora). Lá estão todas as histórias que colheu em sua vida cobrindo alguns dos fatos mais importantes do País. Da Segunda Guerra Mundial à figura de João Goulart, que o recebeu de paletó e pijamas. Entre suas paixões estão a máquina de escrever portátil e o uísque. A primeira teve de ser abandonada por conta da idade. Perda de força nos braços. Agora, Joel dita seus textos. Pulou da datilografia para a oralidade, ignorando sumariamente o computador. "É como pedir para um sujeito que sempre ouviu Beethoven tocar Chopin", compara se referindo ao problema com a nova tecnologia. "Não dá." Já a segunda paixão, apresentada a ele pelo amigo Rubem Braga – parceiro seu na cobertura da Segunda Grande Guera –, foi substituída pela Coca-Cola. Não sem resistência e um certo pesar. "Bebida, para mim, é diálogo", diz. "Eu bebo para conversar. Mas meus amigos morreram quase todos. Já não tenho com quem bater papo. Quem bebe sozinho é alcoólatra. E eu não sou alcoólatra. Mas fígado até que eu tenho para beber mais 20 anos."

Nó cego

Em matéria de guardar nomes sou um verdadeiro desastre. De maneira que, quando me telefonam, não consigo ligar de imediato o nome à pessoa e recorro a um expediente velho, de anos e anos, que, às vezes, nem sempre, e cada vez menos, serve para me avivar a memória. Por exemplo, telefonam-me e quem quer falar comigo "é o Francisco". Pergunto-me: "Que Francisco? No momento, não conheço nenhum Francisco, estou em falta em matéria de Francisco." Mas em vez de simplesmente dizer: "Francisco? Que Francisco?", recorro ao expediente: "Como vai, comandante? O sargento Silveira em posição de sentido e aguardando ordens."

Foi o que aconteceu dias atrás. O telefone tocou:

– É o Joel?

– O próprio.

– Aqui é o Osmundo.

Que Osmundo? No caso, não é que no momento eu esteja em falta em matéria de Osmundos, não disponho de nenhum deles. A verdade é que jamais conheci um Osmundo em toda minha vida. Ou conheci?

– Comandante Osmundo, que é que manda?

Osmundo não mandava em nada, queria apenas pedir desculpas. Disse:

– Desde aquela discussão na casa da Zuleika que penso em lhe telefonar e pedir desculpas pelo... como direi... minha extremada veemência.

A coisa começava a embolar. Zuleika? Que Zuleika? Eu tinha absoluta certeza de que no meu caderninho de telefone que já tive, em todos, dezenas deles, jamais constou alguma Zuleika, quer como figura de destaque ou mera coadjuvante. Lembro-me vagamente de uma Zenaide, e, mais vagamente ainda, de Zilda. Não, definitivamente jamais existiu uma Zuleika na minha vida, sacra ou profana... Falei:

— Pois é, a Zuleika... Como vai ela?

— Desde aquela noite nunca mais a vi. Acho que, como ela, fui ainda mais desastrado...

Como eu sentia que Osmundo estava realmente descontente com ele mesmo, e pelas "extremas veemências" cometidas na casa de Zuleika, procurei minimizar o tal desastre.

— Você está exagerando. Foi apenas uma discussão tola... eu nem me lembrava mais.

E Osmundo:

— Pois eu estava certo de que havia ficado chateado. Aquela sua retirada intempestiva, sem ao menos despedir-se da Zuleika... E além do mais, desde aquela noite, você nunca mais me telefonou.

A embolação era cada vez maior. Osmundo, discussão, Zuleika, extrema veemência, retirada intempestiva de minha parte... Era como se o goleiro estivesse jogando na ponta esquerda e o ponta esquerda na defesa. Disse, quero dizer, inventei:

— Não saí intempestivamente de forma alguma... É que eu já estava pelas tabelas, morrendo de cansaço e, por que não dizer, já bem bebido. Não sei se lhe disse, mas antes de chegar ao apartamento...

— À casa.

— Pois é, casa! É uma assim que eu queria para mim.

Osmundo, do outro lado, deve ter arregalado os olhos, já que a voz era de espanto.

— Uma casa como a de Zuleika, toda apertadinha, mais parecendo uma quitinete? E naquela rua que mais parece um beco? É, você devia estar mesmo bem "uiscado".

— E estava mesmo. É como eu ia lhe dizendo. Antes de chegar à... bem... casa de Zuleika eu tinha passado antes no apartamento de Jacqueline... você sabe quem é...

— Jacqueline? Não, acho que não conheço nenhuma Jacqueline.

"Nem eu", tive vontade de dizer. Mas continuei:

— Claro que conhece. Aquela francesinha simpática, prestativa, que sempre foi amiga de todos nós, jornalistas. Pois, na época, ela estava indo para Paris, foi transferida para Madri... E o Osmundo (que naturalmente também estava agora todo enrolado):

— Não, não conheço. Amiga ela é ou foi de vocês, jornalistas, o que não é o meu caso. Continuo a ser mero chefe de seção da Prefeitura...

— Bem, mas isso não tem importância. O que quero dizer – aliás, já disse – é que quando cheguei à casa de Zuleika já estava um tanto embriagado... Só fui porque gosto muito da Zuleika.

Osmundo:

— E desde quando você começou a gostar de... da Zuleika? Não tem um ano que você me confessou que não a suportava. Chegou mesmo a dizer, lembro-me bem: "Não pode existir nada mais intrigável do que bofe intelectual."

— Eu disse isto? Pois me arrependo muito. A Zuleika é boa pessoa...

Osmundo espumejou, era pura indignação:

— Zuleika, boa pessoa? Você já esqueceu do que ela fez com o Osvaldo?

— Bem...

— Uma serpente!

Que teria feito Zuleika, a serpente, contra o pobre do Osvaldo? A embolação estava virando um nó cego. Eu disse:

— Pois é... Mas não é melhor esquecer tudo isso? Foi uma noite abilolada, com todo mundo falando ao mesmo tempo e todo o tempo... E o pior é que depois dos vinhos franceses no apartamento da Jacqueline ainda emborquei uns quatros uísques na casa da Zuleika. Quase apaguei...

Osmundo faz uma pausa e perguntou:

— Quer dizer que a nossa amizade continua intacta, que você não guardou nenhum ressentimento?

— Claro que continua. E não lhe telefonei mais porque perdi o meu caderninho de telefone. Como o telefone é um dos meus instrumentos de trabalho, você já pode calcular.

Osmundo estava realmente feliz, desafogado, eu sentia pela voz.

— Você não sabe como foi bom telefonar para você e esclarecer tudo. Vamos nos encontrar qualquer dia destes.

— Quando quiser, no lugar que quiser.

— Telefono depois.
— Fico esperando.
— Então, um abraço.
— Outro, comandante. E o sargento Silveira pede licença para despedir-se.
A licença foi concedida, despedi-me.

josé roberto torero

O Diário do Gerente Geraldo

26·02·86

28·02·86

josé roberto torero

José Roberto Torero nasceu em Santos em 1963 e formou-se em Letras e Jornalismo pela Universidade de São Paulo (USP). Em 1991, recebeu o Prêmio Oswald de Andrade de dramaturgia pela peça *Sic Transit Gloria Dei*. No ano seguinte, venceu nas categorias texto e cinema o Prêmio Nascente. Como cineasta, é vencedor de alguns prêmios em festivais como os de Brasília, Gramado e o francês Clemont-Ferrand. Dirigiu e escreveu curtas-metragens, como *Amor*, e é autor de roteiros de longas como *A Felicidade É* e *Pequeno Dicionário Amoroso*. Sua estréia literária veio com *O Chalaça*, que credita ao obscuro conselheiro de dom Pedro I o grito de Independência. O livro lhe rendeu o Prêmio Jabuti de 1995 na categoria romance. Grandes marcos da história, por sinal, são pontos de partida que muito agradam ao escritor, mas de maneira pouco ortodoxa. Para ele, a história só serve mesmo para ser reinventada. Em *Terra Papagalli*, de 1997, Torero insinua que o Brasil foi arquitetado por seminaristas traficantes de negros – descrevendo a trajetória do degredado Cosme Fernandes, aspirante a padre que construiu um porto de escravos em São Vicente. Atualmente Torero é colunista esportivo do jornal *Folha de S. Paulo* e roteirista das séries apresentadas pela atriz Denise Fraga no programa *Fantástico*, da Rede Globo.

O diário do gerente geraldo

26 de fevereiro de 1986
Hoje é o dia mais feliz da minha vida!
Fui promovido. Mal posso esperar para me apresentar: "Bom dia, sou Geraldo, o gerente." Finalmente, depois de doze anos como caixa, reconheceram meu valor! Começo amanhã. Comprei uma bela gravata, um terno novo e uma caríssima camisa de linho.

27 de fevereiro de 1986
As primeiras pessoas que vieram pedir empréstimo foram um homem, Oliveira, que queria dinheiro para montar uma funilaria, e uma mulher, Deyse, que pretendia abrir uma loja de muletas e bengalas. Como era meu primeiro dia e estava de bom humor, atendi os dois.

28 de fevereiro de 1986
Hoje é o dia mais infeliz da minha vida!
Manchei minha camisa de linho. E não foi com café. Foi com suor. Também o Sarney tinha que lançar esse Plano Cruzado justo no meu segundo dia como gerente?! A agência ficou lotada! Os clientes não entendiam as medidas, pensavam que tinham perdido dinheiro com o corte dos três zeros. Um deles ficou tão bravo que puxou minha gravata até rasgá-la.
Eu odeio planos econômicos, odeio!

1º de março de 1986
Eu adoro planos econômicos, adoro!
Isso porque uma bela moça ficou confusa com o novo plano e veio me pedir ajuda (como é bom ser gerente!). O nome dela é

Geralda. O mundo é cheio de coincidências! Geralda tem olhos verdes, seios generosos e um metro e oitenta. Uma grande mulher. Literalmente. Ela fez muitas perguntas sobre o banco: a que horas abre, quando fecha, como funciona a porta giratória etc... Não quero parecer convencido, mas acho que nos veremos de novo.

11 de março de 1986
Hoje é o dia mais infeliz da minha vida!
O banco foi assaltado. Para minha surpresa, a chefe da quadrilha era Geralda. Ela foi muito eficiente. E fica muito bem de preto.

20 de março de 1988
Deyse atropelou Oliveira. O carro dela ficou bem amassado e a perna dele também. Deyse vai consertar seu carro na funilaria de Oliveira, e Oliveira vai comprar uma muleta na loja de Deyse. O mundo é cheio de coincidências!

16 de março de 1990
Hoje é o dia mais infeliz da minha vida! E da vida de muita gente.
O Collor deixou todo o mundo com apenas 50 paus na conta! Um roubo! A agência ficou um inferno! E, para piorar, esqueci de trazer uma gravata extra. Eu odeio planos econômicos, odeio!

22 de março de 1990
Aconteceu! Depois de quatro anos, revi Geralda. Ela assaltou mais uma vez a minha agência. Mas hoje a coisa foi complicada. Nossos seguranças agiram e a quadrilha dela ficou acuada. Sabe o que aconteceu então? Ela me fez de refém. Morri de medo. Mas foram momentos inesquecíveis. Ela me deu uma gravata e minhas costas ficaram apertadas contra seus seios, que continuam generosos. Os cabelos dela roçavam no meu rosto. Eu podia sentir o seu hálito...
Depois os ladrões conseguiram fugir. Todos eles, menos Geralda. Ela ficou presa na porta giratória. Vai pegar dois anos.

31 de março de 1990
O mundo é cheio de coincidências. Hoje estiveram na agência Deyse e Oliveira. Vieram atrás de empréstimos. Oliveira vai abrir

uma igreja e Deyse quer montar um sex-shop. E o pior é que eles serão vizinhos. Acho que isso não vai acabar bem.

13 de junho de 1992
As coisas vão muito bem para Oliveira e Deyse. Como o sex-shop de um fica do lado da igreja do outro, as pessoas pecam e vão rapidinho pedir perdão. E quem já pediu perdão, acha que pode pecar de novo.
Falando em perdão, fiquei sabendo que Geralda saiu da cadeia.

1º de julho de 1994
Hoje foi o dia mais feliz da minha vida! Não porque entrou em vigor o Plano Real. Mas porque vi Geralda outra vez.
Quando ela passou pela porta giratória, comecei a suar imaginando um novo assalto. Enquanto ela vinha andando em minha direção, pensei em me oferecer como refém (vai que ela escolhe outro).
Mas ela só queria abrir uma conta. Está regenerada.

29 de janeiro de 1999
Hoje é o dia mais feliz da minha vida!
Depois de quase três anos de namoro e dois de noivado, finalmente casei com Geralda. Nossa daminha de honra foi Maria Madalena, a filha de Deyse e Oliveira. Aliás, a cerimônia foi na igreja do Oliveira. E antes da lua-de-mel passamos na loja da Deyse.
O mundo é cheio de coincidências!

Lourenço Diaféria

O caso dos pneus carecas

t.

Aguenta aí Tuím...

Lourenço Diaféria

Nascido em 1933, o paulistano Lourenço Carlos Diaféria tem um estilo singular de olhar o mundo. Cronista nato, iniciou sua carreira nos jornais de São Paulo como revisor da *Folha da Manhã*, aos 23 anos. Em 1964 passou a publicar suas crônicas na *Folha de S. Paulo*. Apostando que nos pequenos fatos da vida cotidiana reside a pulsão da sociedade, Lourenço criou um estilo extremamente particular de escrita. "Nessas miudezas imperceptíveis está, muitas vezes, o petardo que alguém esqueceu que era um petardo", afirma. Em suas crônicas, a cidade em que nasceu, e sobre a qual regularmente se debruça, ganha contornos únicos, detectáveis apenas através de sua mirada. Suas histórias revelam detalhes da vida dos cidadãos anônimos que erguem e modificam incessantemente a metrópole. Em 1977 foi o pivô de uma das mais graves crises que a *Folha de S. Paulo* viveria com o regime militar. Naquele ano, publicou a crônica *Herói. Morto. Nós.*, na qual exaltava a ação de um sargento que morrera ao saltar no poço das ariranhas do Zoológico para salvar uma criança – sem, no entanto, poupar os militares que comandavam o País, através da figura do patrono do Exército, Duque de Caxias. "O povo está cansado de espadas e cavalos. O povo urina nos heróis de pedestal", escreveu. O processo durou cerca de três anos e terminou com a absolvição do cronista. Ao longo de sua carreira, Lourenço colaborou em diversos jornais, rádios e canais de televisão. É também contista e autor de histórias infantis. Em seu mais recente livro, *Brás*, escreve sobre o tradicional reduto dos imigrantes italianos na cidade – o bairro de sua infância.

O caso dos pneus carecas

Pode perguntar a qualquer um, todo mundo sabe: o Doutor Leão é figura carimbadíssima. Tanto sabe a faxineira que varre de manhã as folhas secas que caem no pátio durante a noite, como o tira que saiu lá fora para tragar um cigarro sem filtro, apoiado no carro furtado fizera três dias, o qual fora achado e trazido com o painel dilacerado, sem o rádio, sem o toca-disco, sem os alto-falantes, mas recuperado na véspera pela turma do dia, isso é o que importa, o resto não deu sorte, fazer o quê? – o que interessa é que o veículo agora está ali à espera do dono. Vai constatar que na delegacia do Doutor Leão não tem moleza, é fogo, amigo, a turma agora pega no pé da bandidagem que restou. A onda de dizer que polícia só trabalha com a mão azeitada é sacanagem. Se quiser, pergunte para o cara de camiseta Hering, calça amarrada na cintura com barbante – é informante, gente boa, só marcou bobeira andando com o Bolão e uns elementos suspeitos, acabou detido para averiguações, mas está limpo, não tem ficha nem nada. Desempregado, ajudava senhoras do bairro a empurrar o carrinho de compras nas feiras de quarta e sábado. Útil, prestativo, agora ajuda nas batidas, na triagem, carrega o latão com as folhas secas que caem da árvore. Hoje é um serviçal da ordem.

O Doutor Leão é mais falado que serviço de alto-falante em loja de saldos. Todo mundo sabe muito bem quem é o Doutor Leão. Pode não saber toda a história dele, a vida inteira, como é que chegou ao fim da carreira prestigiado, com tablado e cadeira de espaldar trabalhado, placa na porta, admirado, respeitado, ungido. Pode não saber minúcias nem entender a razão por que, na festa de despedida, com discursos, palmas, lágrimas, autoridades, amigos, comerciantes da região, estagiários, parentes, aquele mundo de gente, todo o pessoal de livre e espontânea vontade, ninguém obrigado, ninguém forçado, por que havia o sujeito manco da perna direita, cicatriz de queimadura pegando metade do rosto, mal ajambrado, mas à vontade, feliz, alegre por estar no meio das camisas de seda, dos coletes, das gravatas, das calças com vinco e dos sapatos de bico largo. De longe o Doutor Leão viu o homem e acenou assim com a mão, avisando "Agüenta aí, Tuim. Daqui a pouco a gente se fala".

Das histórias que contavam do Doutor Leão a maioria era verdadeira, ou quase. Outras, as mais edificantes, eram inventadas, mas podiam ter sido reais. Várias eram mentiras bem sacadas e bem intencionadas. No meio de todas ficavam as lendas. Uma delas garantia que no início da carreira, quando viera parar mais ou menos jogado ao léu na delegacia distante, periférica, cercada de matagal, ratos e esgoto a céu aberto, o Doutor Leão era magro como um palito, sofria de asma, tinha o rosto jovem coberto por espinhas – gostava de dizer que havia tentado de tudo com a alopatia, nada de melhorar, curara-se com um médico homeopata também moço (é um das centenas de amigos do peito que agora estavam ali prestigiando a festa da sua aposentadoria) –; bem no início da carreira, logo depois da nomeação, ninguém podia supor que um Doutor Leão tivesse um nome tão inadequado para denominar uma figurinha que ia ter de enfrentar o crime no fim do mundo, com aquele físico de mosquito elétrico, sem panca de autoridade, além de tudo com uma vozinha fina que não impunha a menor atenção. Sem falar que no segundo dia de exercício o Doutor Leão tivera um princípio de crise de cálculo renal e chegara a vomitar de dor.

Mas, pulando essa parte desmerecedora, o Doutor Leão logo começou a superar seus inconvenientes físicos e passou a tornar evidentes seus altos propósitos morais de enquadrar os auxiliares dentro dos mais rígidos rigores do atendimento à população em geral. Na época, como era normal, a delegacia dispunha apenas de uma única máquina de escrever marca Underwood, capenga, desengraxada, que era utilizada para registrar os boletins de ocorrência, isso quando não acontecia de cair a haste de uma letra, que tanto podia ser a letra "a" como a letra "z", enfim, uma das cinco vogais ou uma das vinte consoantes do teclado senil. Quando dava de a máquina desfuncionar por esse ou qualquer outro defeito, o jeito era registrar as queixas e reclamações manualmente, com ou sem caligrafia. Havia alguns inquéritos mofando nas gavetas com cheiro de perenidade. O Doutor Leão começou a fuçar. Gostava de fuçar as coisas. É evidente que percebeu logo que na delegacia estavam faltando não apenas papel timbrado e equipamentos de uso sistemático, mas também coisas mais inusitadas, como um bom dicionário de português para facilitar a vida do escrivão. Um mês depois, o Doutor Leão havia trazido de casa, na qual restara pequena parte da biblioteca que seu pai, falecido, deixara como memória, a coleção completa do Antenor Nascentes. Os quinze volumes, grossos e pesados, foram alinhados numa estante que antes vivia empoeirada, o que melhorou de cara a respeitabilidade do ambiente policial. Pouca gente se dá conta, mas se existe uma coisa que meliante respeita é livro. Um livro, principalmente se for grosso, tem o efeito de uma pistola carregada. A coleção de dicionário do Antenor Nascentes impunha a maior compostura. Bem, isso foi no começo, mas não era lenda, não.

A outra providência do Doutor Leão foi carregar para a delegacia alguns discos de música clássica, providenciando instalação para que Bach, Beethoven e Wagner pudessem ser ouvidos, com as naturais distorções técnicas, é claro, nas dependências ocupadas pelos detidos nas batidas de rua. Ninguém atinou com aonde o Doutor Leão queria chegar com essas providências, que nada tinham a ver com a aplicação prática do Código Penal na rotina da delegacia. No entanto, passou a ser comum que o trabalho e as folgas fossem amenizados e enriquecidos artisticamente com uma boa música ambiente.

O Doutor Leão não parou nisso. Ao contrário. Aos poucos foi tomando pé na situação. Manifestou logo uma característica inusitada: era um leitor compulsivo. Não apenas de inquéritos, mesmo arquivados. Lia tudo. Adorava pesquisar fatos históricos do Brasil pouco divulgados. Após o almoço, o jantar, discorria com prazer sobre eles, revelando coisas que ele próprio só descobrira com a leitura de obras que agora ornavam sua sala de trabalho. Só para citar um exemplo, a propósito da detenção de um pé-de-chinelo estelionatário que vivia aporrinhando a vida de empórios de secos e molhados da região, passando dinheiro falso, o Doutor Leão tinha ensejo de oferecer com satisfação verdadeiras aulas de conhecimentos gerais sobre a moeda usada no país, desde a Caiana, de cobre, de 40 réis, usada durante o Império, como sobre o Patacão, cunhado no exterior. Natural que a delegacia passasse a viver um clima ameno de cultura e conhecimentos gerais.

Mas a vida de um policial não são apenas rosas. Havia de impor uma disciplina cordial, mas firme. Fumar em qualquer das dependências passou a ser visto como gesto inamistoso. Tudo bem, quer ter enfisema pulmonar? Problema seu. Mas vá fumar lá fora, no pátio. Em meses, tira com cigarro aceso não se atrevia a baforar dentro da delegacia, nem quando na cadeira do Doutor Leão apenas houvesse seu casaco vestindo o espaldar. O simples paletó vazio do delegado já era autoridade. Outra coisa: o pátio, os chapéus-de-sol do pátio.

Em especial no outono, quando o vento empurrava para o chão as folhas amareladas, formando um tapete, o Doutor Leão torcia o nariz. Folhas no chão davam impressão de desleixo. Foi quando Dona Geralda passou a varrer o pátio todas as manhãs, bem cedo. O pátio foi dividido em duas partes. Uma servia como jardim. A outra, no fundo, virou depósito de carros roubados ou desaparecidos. No começo, as queixas repetiam-se. Hoje era um Corsa, um Dauphine, um BelAir, até rabo-de-peixe constava das estatísticas. Amanhã nem Fusca estava livre de ser aliviado. O Doutor Leão – que já começava a ficar calvo e não tinha, felizmente, mais espinhas no rosto – convocou as turmas e deu o recado, olho no olho, agora com voz firme de quem não era otário, sabia das coisas e ia pegar firme na produção das equipes.

– Vamos dar um fim nessas histórias cabeludas. Nem que tenha que usar cagüetes.

Foi quando passou a dar colaboração mais ou menos interessada um rapaz detido na companhia do Bolão, um sujeitinho metido a valente, e que agora é visto de camiseta Hering e calça larga amarrada na cintura com barbante. Foi ele quem trouxe a informação de que um tal Rosa do Zinco, que vendia sarapatel e outros artigos do

Norte, após ser assaltado pela oitava vez seguida e ver, com os olhos mantidos abertos, à força, sua mulher e sua filha serem estupradas, abandonou tudo, o jabá, o estoque de pitu e amansa-corno, a carne-de-sol, o feijão-de-corda, enfiou um berro na cintura e saiu à caça. Matou seis, aos poucos, de tocaia. E mais três, cara a cara.
— Fugiu?
— Fugiu, Doutor Leão. Acoitou-se na Bahia.
— Então que fique lá, não me apareça nem a sombra.

Fazia sete anos, num Carnaval, foi muito boquejado um homicídio duplo em decorrência da disputa da máscara lilás que uma dona usava no antigo Risca-Faca. Hoje é bingo. Mas nenhuma lenda, nenhuma história, nenhuma mentira supera o desaparecimento do carrinho do Tuim, um apanhador de papelão e lata vazia de cerveja e refrigerante, que quase morreu queimado vivo por resistir ao roubo do veículo mambembe, com os dois pneus carecas, com o qual catava sucata nas casas.

— Seu Doutor, roubaram meu ganha-pão.

Doutor Leão ficou uma onça. Desligou a Nona Sinfonia, vestiu o paletó, chamou dois tiras e saiu bufando como um justiceiro. O fulano de camiseta Hering foi sentado no banco da frente da viatura. Tinha informações que circulavam nos subterrâneos da vida. Acharam o ladrãozinho folgado em duas horas. Deram um cacetezinho nele, tomaram de volta o carrinho de madeira com os dois pneus carecas e o entregaram para o Tuim.

Esse era o motivo do aceno do Doutor Leão para o fulano manco de rosto queimado no seu último dia na delegacia do bairro.

MARCOS SANTARRITA

Boa noite, Senhorita

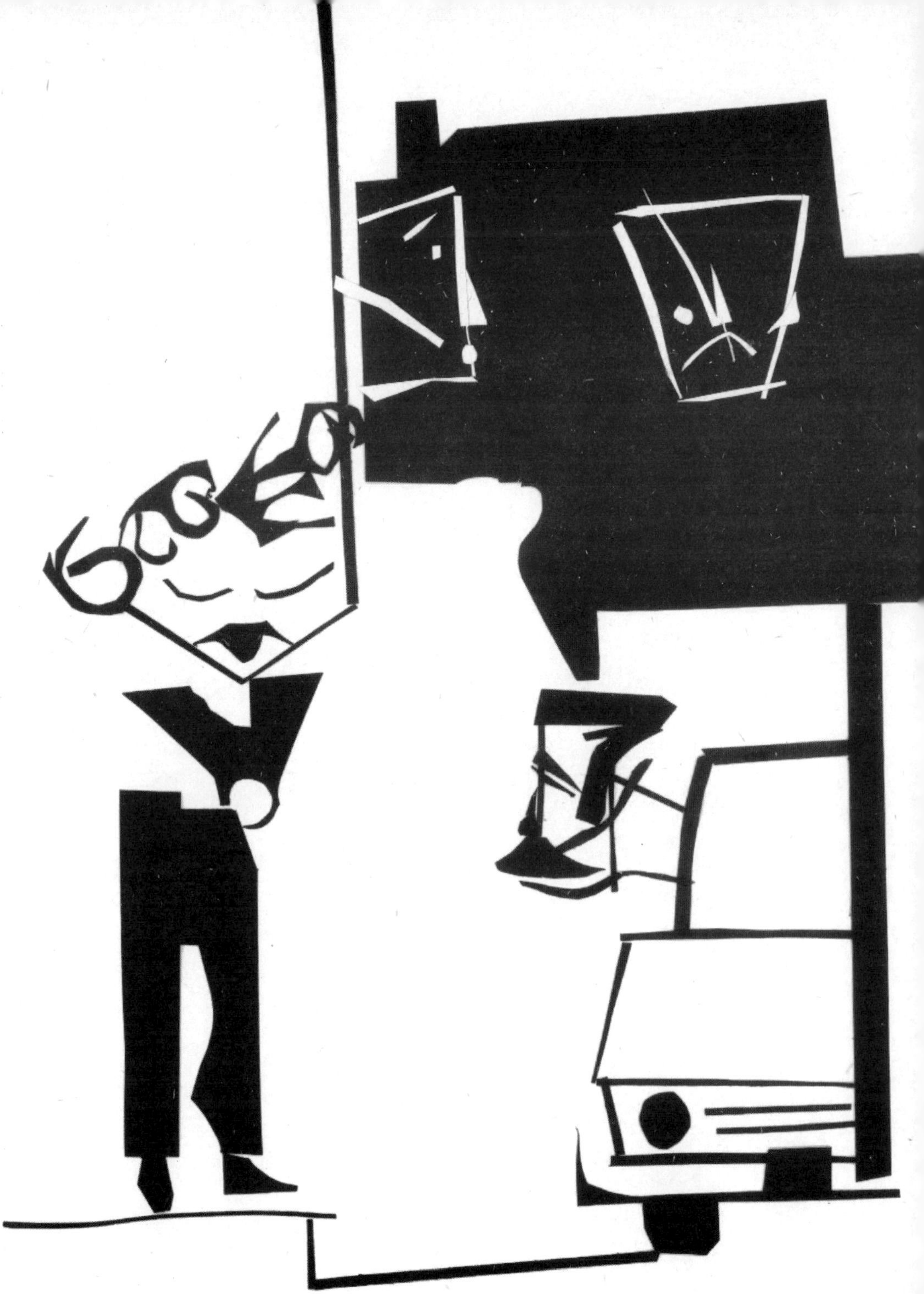

MARCOS SANTARRITA

Marcos Santarrita nasceu em Aracaju, Sergipe, em 16 de abril de 1941, e foi criado em Itajuípe, na região cacaueira da Bahia. Estudou em Salvador. Ainda no curso secundário, iniciou a carreira literária com contos, artigos e traduções publicados no *Jornal da Bahia*, *Diário de Notícias* e *A Tarde*. Foi co-fundador da *Revista da Bahia*, que apresentou ao público a geração literária baiana de meados da década de 1960. Em 1967, mudou-se para o Rio de Janeiro, onde trabalhou como redator do *Jornal do Brasil*, *Última Hora*, *O Globo* e *Fatos e Fotos*, e colaborador de *O Jornal*, *Folha de S. Paulo* e *Isto É*. Hoje assina resenhas e ensaios no *Jornal do Brasil* e em *O Globo*. Santarrita estreou em livro com *A Solidão dos Homens* (1969) e, desde então, obra após obra, foi consolidando sua presença como grande colaborador da literatura brasileira. Seu romance, *Mares do Sul* (Editora Record) recebeu o Prêmio da Academia Brasileira de Letras, na categoria ficção. Nas entrevistas que concede, Marcos Santarrita sempre adverte seus leitores: "Meus romances não são documentos, mas aventuras de imaginação." Santarrita já traduziu cerca de cem obras, entre os quais Pirandello, Henry James, Alexandre Dumas, H.G. Wells, John dos Passos, Thomas Pynchon, Carson McCullers, Philip Roth, John Updike, Martin Amis, Dashiel Hammet, Charles Bukowksi, Eric Hobsbawn, Harold Bloom e Camille Paglia.

Boa noite, Senhorita

Eram umas nove horas da noite quando vi o automóvel, um Chevette branco não muito novo, parar junto ao meio-fio do ponto de ônibus e um sujeito moreno com um bigodão à Stalin, na janela do passageiro da frente, dizer para a única moça no grupo à espera:

— Boa noite, senhorita. Pra onde vai? Podemos lhe oferecer uma carona? — Ela não respondeu e ele insistiu, com um sorriso aliciante: — Que é que há, garota? Tem medo de mim? Garanto que não mordo.

Eu me sentava com dois caras no abrigo coberto no fundo da calçada, e dois outros ladeavam a moça, de pé no meio-fio, mas nenhum de nós pareceu tomar conhecimento do que se passava; com a desenfreada violência que campeava na região, cada um que cuidasse de si. Aquilo ali era Rudge Ramos, São Bernardo, no ABC paulista, e não seria eu, um pau-de-arara, quem iria me meter onde não fora chamado.

Não que eu fosse pau-de-arara mesmo; chegara há quase vinte anos, ainda no início da década de 1960, e já me assimilara, quase não tinha mais sequer o sotaque; mas nunca me recuperara das pichações que, nos primeiros dias, vira escritas nos muros da capital: "Mantenha a cidade limpa. Mate um nordestino por dia." Embora soubesse que era obra de vândalos, vagabundos, ignorantes a ponto de nem saberem que muitos deles próprios descendiam daqueles a quem consideravam inferiores e queriam matar, aquilo me causara um calafrio que se renovava a cada vez que as via. Só não voltara mesmo porque a vinda fora sem retorno; eu nada tinha, nem ninguém, para me receber de volta.

— Como é, garota? — o Stalin, que devia ter mais ou menos a minha idade, uns quarenta anos, continuou insistindo com a moça, que continuou fingindo não ouvi-lo. – Não precisa ter medo de mim, de nós. Eu e meu amigo aqui somos boa gente, não vamos lhe fazer nada que você não queira. Como é? Vamos lá.

Àquela hora ainda era grande o movimento de carros e pessoas pela avenida bastante iluminada – a luz que caía sobre nós, de mercúrio, vinha de um poste muito alto, o que dava a todos uma aparência meio escaveirada, com negras sombras embaixo das sobrancelhas e do nariz – e não havia senso de perigo iminente. Talvez por isso, um dos caras no banco a meu lado, um rapaz magro e meio mulato, de blusão de napa preta e pinta de operário, ergueu a cabeça e gritou para o bigodudo:

– Ó meu, tu não tá vendo que a dona não quer nada? Por que não se manda e deixa ela em paz?

A moça olhou-o, surpresa, e pareceu mais contrariada que agradecida, porque agora era certo que a coisa ia render; não era nada espetacular, apenas uma russinha magra e meio desenxabida para meu gosto, de calça e blusão jeans – empregada de escritório, ou talvez também operária. De sua janela, o bigodudo desviou deliberadamente o olhar para o rapaz, mediu-o bem, e disse num tom controlado:

– Quem chamou você na conversa? Conhece a moça? Isso é da sua conta?

O rapaz se levantou, como quem quer briga, e adiantou-se alguns passos, mas alguma coisa o fez parar antes de chegar à beira da calçada.

– Tu tá dando em cima da dona, ó meu – disse. – Não tá vendo que ela não quer? Isso aí é da conta de todo mundo, né não?

E voltou-se para os demais, em busca de aprovação, mas ninguém sequer o olhou; após uma leve e cautelosa mostra de interesse, haviam todos voltado à atitude inicial de que não era com eles. Eu, por mim, além de me sentir do mesmo jeito que os outros, não sabia para que lado pender. Em princípio, até então o cara do carro não fizera nada demais; estava apenas na paquera; e eu não me surpreenderia se acabasse ganhando a moça, que talvez só estivesse bancando a difícil. De qualquer forma, não era da minha conta.

A garota, coitada, olhava ansiosa na direção em que viria seu ônibus, parecendo doida para que chegasse logo, mas sabe como é, nessas horas, nada sai como a gente quer. Aliás, todos nós fazíamos a mesma coisa, mas não parava um único ônibus naquele ponto.

Após um breve silêncio, em que continuou a olhar firme o rapaz na calçada, o cara do carro voltou a falar, do mesmo jeito controlado:

– Escute aqui, rapaz. Você não tem nada a ver com isso, tem? Eu sou um homem, ela é uma mulher. Não há nada demais em que eu fale com ela. Como vou saber se ela topa, se não falar? Eu até reconheço que estou sendo um pouco insistente demais, mas repito que isso não é da sua conta. Não sou nenhum estuprador nem vou agarrar ninguém a força.

– Tu só tem é gogó, cara – disse o rapaz do blusão de napa, que se pusera a andar de um lado para outro, nervoso, na calçada. – Tu tá chateando a dona.

– E que é que você tem com isso? – perguntou o Stalin. – É namorado dela? Parente? Ao menos conhecido? Se é, diga, que eu prometo que vou me embora agora mesmo. Então, é?

– Tu só tem gogó, cara – repetiu o rapaz, falto de argumentos.

Agora eu decididamente achava que o bigodudo tinha razão; não estava procurando briga, só querendo um pouco de diversão. Mas não seria eu quem iria me meter. Já apanhara muito, literalmente, para não ter aprendido.

– Eu sei qual é a sua, cara – disse então o homem do carro. – Está querendo bancar o mocinho às nossas custas, não é? Nós somos os vilões, os bandidos, importunando uma jovem donzela, e você é o cavaleiro andante de armadura branca que vem correndo salvar a pobre vítima. Pra no fim abocanhar o prêmio e ficar com ela, não é? – Fez uma pausa, à espera. O rapaz parecia rodopiar, de tanto andar de um lado para outro na calçada. – Mas a história não é bem assim. Nós não somos bandidos, nem você é nenhum galã. E eu vou lhe dizer o que você vai fazer. Vai voltar e se sentar lá no seu banco, quietinho. O negócio é comigo e a moça. Vamos, volte para o seu banco.

Nós estávamos pasmos – pelo menos eu estava – primeiro com as palavras do cara, e depois com a prepotência da ordem; no mínimo, os dois eram cana. E mais pasmos ainda ficamos quando o rapaz, depois de outra rodopiada, veio recuando devagar e deixou-se cair no banco junto a mim, onde ficou quietinho como lhe fora ordenado. Então o bigodudo – parecia mesmo Stalin, e não só pelo bigode – falou mais uma vez à moça, com a mesma autoridade:

– Agora você – disse. – Não me respondeu. Se tivesse respondido, dito não, nós não estaríamos mais aqui. Vamos, responda: Quer ou não uma carona?

A garota olhava sempre na direção do seu ônibus, como se não fosse com ela, e não respondeu. O homem continuou a olhá-la fixo, por um tempo que a mim me pareceu longo e só fez aumentar a nossa apreensão, pois agora era visível que todos torcíamos para ela dizer alguma coisa. A única pessoa que não parecia nervosa era o rapaz a meu lado, que baixara a cabeça e se desligara, não humilhado, nem vencido, mas ausente; não sei por quê, tive a impressão que não girava bem da bola.

No expectante silêncio que se seguiu no ponto de ônibus, em que até o barulho do trânsito pareceu cessar, eu fixava os olhos na nuca da moça e fazia força para enviar-lhe mentalmente a mensagem: fale, fale logo, ande. E quando, não mais agüentando a tensão, já ia pedir a ela que respondesse, vi-a voltar a cabeça direto para o homem do carro e dizer-lhe, numa voz quase inaudível, mas à qual não faltava segurança, uma única palavra:

– Não.

Fiel à sua promessa, o Stalin fez um sinal para o motorista e partiram. A sensação que ficou na noite foi de um vazio fantasmagórico, como se nada daquilo houvesse acontecido. Logo, claro, chegaram todos os ônibus e o ponto se esvaziou. Eu, porém, não quis tomar o meu; deixei-o passar. Sentia-me aturdido, estranho, e saí andando para a praça ao lado da igreja, onde alguns botecos continuavam abertos. Precisava de uma cerveja, ou talvez de alguma coisa mais forte. Afinal, tinha a desculpa que me faltava, e aquela era mesmo a minha área.

A verdade é que eu próprio não passava de um fantasma. Chegara do Nordeste com veleidades de pintor, e durante muito tempo procurara estudar, me instruir, para ser um daqueles primitivos famosos e ricos que tanto invejava; lera muito, pintara muito, expusera regularmente na feira hippie de São Bernardo, chegara até a vender alguma coisa, mas nunca tivera a grande chance, e continuara sendo o que sempre fui: pintor de paredes. Meti-me na política sindical e virei comunista, mas não do Partido – este teria sido o meu maior erro, se não fosse consciente, pois eles promovem os camaradas, mas tratam os comunistas de fora pior que o inimigo. Enfim, peguei cadeia, apanhei, fui torturado, sem nenhuma cobertura. Com o tempo, acabei me desiludindo, e a desilusão, mais que o sucesso, custa muito caro.

    Entrei no boteco de sempre, cuja espectral luz fluorescente era um refúgio contra os outros fantasmas da noite, encostei-me no balcão e pedi uma pinga, de costas para as mesas. O garçom amigo serviu uma dose caprichada, que virei de vez, e pedi outra. Quanto mais pensava na arrogância do cara do carro, mais sentia a humilhação do outro, um pobre coitado como eu; imaginava o que faria no lugar dele. Sentia renascer em mim a antiga revolta de classe, a solidariedade com os oprimidos, e já me imaginava heroicamente enfrentando o prepotente, agarrando-o pela gola da camisa e arrastando-o para fora da janela, quando ouvi a conversa às minhas costas.

    – O mais estranho é que o cara foi se sentar mesmo e ficou lá quietinho, caladinho, como você mandou. Como foi que você fez isso?

    Voltei-me devagar e, não havia dúvida, lá estava o Stalin do carro, mais parecido ainda com seu famoso sósia àquela branca luz de pesadelo, tomando uma cerveja com um rapaz bem jovem, que devia ser o chofer.

    – Acho que foi a maneira de falar – ele disse. – É a voz da classe dominante, você sabe, a voz do dono. Eles captam logo.

    – Mas logo você? Um comunista?

    O bigodudo não respondeu, nem podia; olhava-me com um ar de espanto. Sem o perceber, eu me postara ostensivamente à sua frente, e minha aparência devia ser terrível, porque ele não teve nem ânimo de me perguntar o que eu queria. Meus ouvidos zumbiam, um assobio alucinante, e eu cerrava os punhos com força para não voar na garganta dele. O homem empalidecera e chegou a fazer menção de levantar-se, talvez para defender-se, mas eu, num último apelo ao juízo, simplesmente dei-lhe as costas e, sem pagar a cana, saí correndo às tontas pela porta do bar, de volta aos outros fantasmas da noite lá fora.

MARÇAL AQUINO

Noche Sucia

eu caso

MARÇAL AQUINO

Marçal Aquino nasceu em 1958 na cidade de Amparo, região serrana do interior de São Paulo. Ex-jornalista, largou a profissão que o ensinou a prestar atenção nos detalhes para virar um outro tipo de repórter: o produtor de ficção – seja ela contos, roteiros cinematográficos ou romances. "Muitos dos textos que escrevo surgem da observação jornalística. Sempre digo que minha literatura vem da rua, do cotidiano", afirma. "Tive uma experiência muito rica como repórter policial. Sempre estou muito atento ao que acontece ao meu redor". Desde que se dedicou à literatura, Marçal escreveu mais de uma dezena de livros. Entre eles, *As Fomes de Setembro*, vencedor do Prêmio Nestlé de Literatura em 1991, e *O Amor e Outros Objetos Pontiagudos*, reunião de contos que recebeu o Prêmio Jabuti em 2000. Dois anos depois, voltaria a ser indicado na mesma categoria por *Faroestes*, concorrendo agora com Rubem Fonseca e Fernando Sabino, que levou o prêmio por *Livro Aberto*. Ao lado de Fernando Bonassi e Marcelo Mirisola, é um dos escritores da chamada Geração 90. Com o primeiro, Marçal dividiu o roteiro de *Matadores*, longa de estréia de Beto Brant baseado em um de seus contos. Em 1996, o escritor voltou a trabalhar com Brant no filme *Ação Entre Amigos*, também baseado em uma história original sua. O fruto mais recente dessa parceria é o aclamado *O Invasor*, um cruel retrato das relações entre as diferentes classes sociais na cidade de São Paulo, lançado em 2002.

Noche sucia

Acho que foi o velho Nicanor Mendez o primeiro que chegou. Veio para trabalhar no frigorífico e já trouxe a família. Depois foi a vez de um cunhado dele, o Quique. Em seguida, uns primos vindos de Luque, mais uns conhecidos, que arrumaram serviço na construção de um prédio e não tinham onde ficar no começo. E não parou mais de chegar gente. De todo lugar: de Pozo Colorado, de Coronel Oviedo, de Villarrica, até de Assunção. Era comum aparecerem famílias inteiras, que tinham ouvido falar do bairro e acabavam se ajeitando por aqui. O nome pegou: Vila dos Paraguaios.

Está certo que as pessoas falam com desprezo, torcendo o beiço. Mas aqui ninguém liga pra isso. Todo mundo trabalha, cada um cuida da sua vida, ninguém se mete com ninguém. Já apareceu até candidato a vereador atrás de voto por aqui, falando que era importante a gente ficar unido, que ia lutar pelos direitos da nossa comunidade. Conversa. Deixamos ele falar à vontade, o bobão. Ninguém aqui da Vila dos Paraguaios pode votar no Brasil.

Quer saber? Vila dos Paraguaios até que é bem melhor do que o nome que a Prefeitura deu: Jardim Flor-de-Lis. Daqui do alto a gente consegue ver o bairro direitinho. Dá uma olhada: é só um amontoado de casas pobres. Diga a verdade: parece com alguma flor?

Juan Díaz

Pra mim, a maior prova de que um lugar é bom pra se viver é quando não tem mendigo. Repare: aqui não tem. Não tem mendigo, não tem ladrão, não tem drogado, não tem malandro.

Minto, teve um malandro, sim. Juan Díaz. Andava por aí com panca de valentão. Bebia e aprontava. Um dia brigou no bar e passou do limite: puxou uma faca. Daí os homens mais velhos do bairro resolveram que era hora de tomar uma providência. Eu, Nicanor Mendez, Manoel Nuñez e Anacleto Suárez.

Chamamos o Juan Díaz pra uma conversa. Demos um aperto nele. Mas só na palavra, sem encostar a mão. Juan viu que a gente estava falando sério e foi embora. Correu por aí que nós eliminamos o Juan, mas é besteira. Eu pergunto: cadê o corpo? Juan entendeu que a gente não estava brincando e se mandou. Acho que ele voltou pro Paraguai. Você vai ver: qualquer dia alguém cruza com ele e ficamos sabendo que ele está bem. Não endireitou, mas está bem. Você vai ver.

Às vezes nós temos que agir pra consertar alguma coisa que está errada aqui. É nossa responsabilidade. Não é um Conselho de Bairro, nada disso. É que somos os mais antigos e temos que dar bom exemplo para os mais novos. Só isso. Veja o caso daquele rapaz da Rua 5. Nós achamos que era nossa obrigação interferir pra corrigir uma coisa que não estava certa. E deu resultado.

A Princesa

Coincidiu de o rapaz levantar do sofá da sala, de onde assistia televisão ao lado da mãe quase cochilando, bem na hora em que Nicanor e Manoel Nuñez se aproximavam do portão da casa. O rapaz não gastou mais do que um segundo para perceber o que iria acontecer. Voou pelo corredor, entrou no quarto e ergueu a vidraça para sair pela janela, rumo ao quintal nos fundos da casa. Daí ganharia o muro e. Mas deu de cara com Anacleto Suárez, que o empurrou de volta para dentro do quarto e perguntou se ele não achava que era falta de educação usar a janela para sair de uma casa.

O rapaz: nenhuma palavra. Só espanto. E medo. Então Anacleto disse que, como o rapaz não achava aquilo falta de educação, também usaria a janela para entrar na casa. E fez isso. Nesse instante, os outros dois velhos já estavam na sala.

No começo, o rapaz negou. Disse que nem conhecia a moça. Não disse que a chamava de princesa. Que achava uma glória ouvir ela gemendo embaixo dele. Disso nada disse. Apenas negou. Negou tudo.

O velho Nicanor lembrou que muita gente tinha visto os dois juntos. O rapaz: e daí? Amizade. Não pode?

Anacleto Suárez, que mantinha a mão enrugada no braço do rapaz, falou perto de seu ouvido, com hálito de velho: a menina diz que era virgem até te conhecer.

O rapaz: mentira. Ela andou com meio mundo. Com o Carlito, o Pancho, o Solano. Podem perguntar por aí.

A mão de Anacleto se tornou menos enrugada por causa do aperto que deu no braço do rapaz: não fale mal da moça que vai ser sua esposa.

O rapaz deu uma olhada ligeira para a mãe, que tinha se levantado do sofá, mas apenas acompanhava a cena, sem falar: não vou casar com ela nem a pau.

Menos rugas na mão de Anacleto. Mais aperto no braço do rapaz.

O velho Nicanor disse: a menina está esperando um filho seu.

O rapaz esperneou tanto que Manoel Nuñez teve que dar uma ajuda a Anacleto para segurá-lo: o filho não é meu. Todo mundo sabe que ela andava até com o Maldonado.

O velho Nicanor colou seu rosto no do rapaz: ainda bem que o Maldonado não está aqui. Já pensou se ele ouve esse disparate? Você já esqueceu do que ele fez com o Juan Díaz? Esqueceu, é?

O rapaz chorou e olhou para a mãe, que continuava sem dizer nada. Ela não tinha opinião nenhuma para oferecer naquele momento.

Anacleto deu a palavra final - ou o que ele pensava que era a palavra final: você engravidou a moça e vai casar com ela para reparar isso.

O rapaz parou de se debater. Estava corado. Ficou valente. Deu até uma risada nervosa: não vou casar com aquela vagabunda. (Mas que ele chamava de princesa em certas noites.)

Os velhos se entreolharam. Anacleto e Nuñez o subjugaram e o obrigaram a deitar-se no chão. E apoiaram seus joelhos sobre as pernas abertas do rapaz, que nesse instante viu a faca comprida na mão de Nicanor.

A mãe juntou as mãos e olhou para Nicanor, como se aquele gesto fosse um pedido de piedade. O velho a ignorou e se ajoelhou, num movimento ágil, entre as pernas abertas do rapaz. Com um golpe preciso, cortou o botão na cintura da calça e forçou o zíper, expondo uma cueca de cor clara. Disse: está certo, você pode até não casar com a menina. Mas nós vamos garantir que você não vai mais fazer besteira por aí.

Nicanor puxou a calça até o meio das coxas do rapaz. Depois, fez o mesmo com a cueca. O rapaz tentou debater-se, porém os dois homens o imobilizaram, aumentando a pressão sobre seu corpo. O rapaz sentiu as costas empapadas de suor. Quando a faca saiu de seu campo de visão, ele tentou levantar a cabeça e pensou em gritar.

Como se tivesse adivinhado, Anacleto colocou a mão sobre sua boca e pressionou sua cabeça de encontro ao chão. A mão era grossa, calejada. E tinha um cheiro esquisito - cigarro, sabonete, suor, tudo misturado. Um cheiro que o rapaz nunca mais conseguiu esquecer.

Os Casamentos, na visão de Maldonado

A menina veio falar comigo, pediu conselho. Ela é uma menina direita, conheço o pai e a mãe dela. Gente boa. Eu conversei com o Nicanor e ele foi até a casa do rapaz. Com o Anacleto e o Nuñez.

Eles mostraram para o rapaz que ele precisava tomar uma providência. Caso contrário ia ter que deixar o bairro. Parece que, no começo, ele ficou meio rebelde, falou até umas bobagens sobre a menina. Mas depois viu que os velhos estavam com a razão.

Os dois se casaram - inclusive eu fui padrinho da menina. Ela está morando com o rapaz e com a mãe dele lá na rua 5. Já me disseram que ele dorme no sofá da sala e não fala com a menina. Mas isso passa, você vai ver. Quando a criança nascer, muda tudo. Eu sei como são essas coisas.

Vi um caso parecido uma vez: o cara chegava a maltratar a mulher, batia nela, não respeitava nem o barrigão dela. Daí nasceu o filho e ele não sabia mais o que fazer para agradar a mulher. Virou um marido 100%.

Com esse rapaz vai ser a mesma coisa. Deixa nascer a criança. Ele vai se derreter inteiro, você vai ver.

mORA fUENTES

Deus

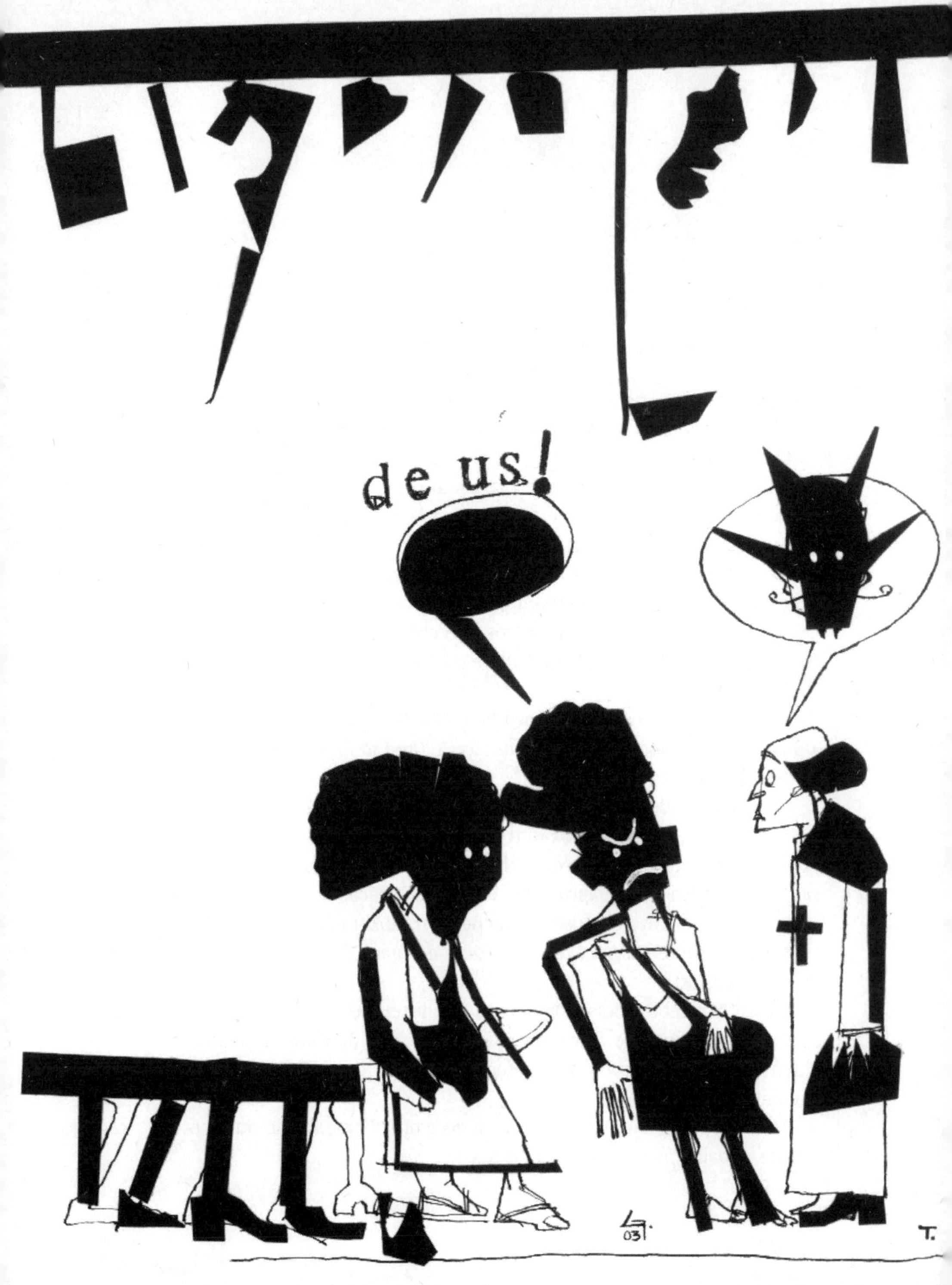
de us!

MORA FUENTES

José Luís Mora Fuentes nasceu em Valência, Espanha, a 9 de outubro de 1951, vindo para o Brasil aos três anos. Quixote por vocação, é paulista de alma. Como estudante, preparou-se para ser biofísico mas, aos 17 anos, opta definitivamente pela Literatura. Em 1970 inicia oficialmente sua carreira literária com a publicação do conto *A e B Incomensurável*, no extinto Suplemento Literário do jornal *O Estado de S. Paulo*. Autor dos livros *O Cordeiro da Casa* (contos, Edições Quíron, 1975), *Fábula de um Rumo* (contos, Editora Moderna, 1985), *A Ilha Vazia* (infantil), *Sol no Quarto Principal* (novela), entre outros, recebeu os prêmios literários Governador do Estado de São Paulo e da Associação Paulista dos Críticos de Arte – APCA.

Em 1982 participou da coletânea *Nowe Opowiadania Brazylijskie*, na Polônia, com os contos *O Cordeiro da Casa* e *Um Dia Antes do Parlamento Entrar no Minguante*.

Como atividade paralela, desenvolveu trabalho em artes plásticas, sendo autor das capas dos livros *Ficções*, *Tu Não Te Moves de Ti*, *A Obscena Senhora D* e *Rútilo Nada*, da escritora Hilda Hilst.

Também participou do grupo de Criação e Redação de roteiros infantis para a Maurício de Sousa Produções e traduziu para o espanhol o roteiro do filme *Du Bocage – O Triunfo do Amor* do diretor Djalma Limongi Baptista.

Em 1998 recebe a Bolsa Virtuose, do Ministério da Cultura, e realiza o roteiro *Matamoros e Tadeu*, inspirado em textos de Hilda Hilst. Também nesse ano passa a assessorar a escritora, representando-a em assuntos literários.

Atualmente trabalha no texto *Eu e a Imperatriz Gansa*, ficção que pretende trabalhar nos próximos dois anos.

Deus

Negra, magra e bêbada, Isolina vive no escuro do viaduto. De luzidio, a novidade da imensa barriga e o mistério que ali dentro se fazia. Perdida em tantos incompreensíveis, uma coisa apenas a preocupa:

– Que nome, meu Deus, pro meu menino?

Então um relâmpago incendeia o mundo. E no meio de estrondos, surge o entendimento no coração de Isolina:

– Seu nome é Deus.

Coincide que a seguir tudo silencia. Águas e ventos se acalmam, a chuva vira coisa miúda, menos que garoa fina. Um carro ilumina a negra como se fosse dia.

– Deus.

Afogueada, temendo arder de tanto entendimento, grita:

– Minha barriga é Deus.

Muita coisa fica assim esclarecida. Os refinamentos desde que se soube cheia. Nunca mais tomou cachaça (substituiu por Cinzano) nem gritou pelas ruas. Modificou-se. Agora sabia:

– Por isso não precisei de homem.

Quase derruba a garrafa. Bebe eufórica. Dança e chora até ficar rouca. Depois cai exausta, estala a língua. Finalmente sorri. Peida na grandiosidade das tormentas. Tem sonhos incríveis também.

Manhã cedo, vai atrás do padre (o mesmo que à noite reúne mendigos para a sopa). Emocionada, tenta abraçá-lo. Ele se esquiva, ela quase cai. Mesmo assim conta tudo. O olho do padre aumenta, as sobrancelhas uma só:

– Ficou louca, Isolina!

– Fiquei não, padre.

– Bebeu. Me deixa em paz, não me apoquenta com tuas carraspanas.
– Agora só bebo de noitinha.
– Mas, criatura, é blasfêmia. Nem repete.
O coração quase pára. A voz pequena:
– O quê?
– É pecado, voz do demônio. Claro que teve homem, você está mentindo.
– Juro que não.
– Então esqueceu, se enganou.
No vazio dos dentes, a língua se enrolava e se perdia:
– É tudo verdade, padre. Eu juro. Fui escolhida. E o nome é lindo.
– Vai embora, Isolina. Reza bastante, pede perdão e pára de me atormentar.
– Batiza meu filho.
– Com esse nome não pode, criatura. Chama José, aí eu batizo. E vai que é menina? Maria é bom. Mãe de Deus.
– Sei que é macho, fruto do divino.
– É Satã te assoprando essas idéias. Chama de Francisco, Sebastião, Benedito.
– De jeito nenhum nome de preto, que meu filho é o rei do mundo e preto nunca é.
Ela, defendendo a cria. Ele, gritando exorcismos, derruba um círio, depois suaviza:
– Nem fala mais nisso. Te abençôo em nome de Deus, agora vai em paz (e se escafede para a sacristia).
Vomitando antipatias contra esse estúpido, Isolina passeia pela igreja. No altar principal se ajoelha, volta a ter doçuras:
– Você tá aí, meu menino, tão judiado nesses pregos todos. Como pode esse desconforto de dor se na minha barriga tá espertinho e são? E vai sê batizado sim, que pra isso tu tem mãe.
Um anjo cinza voa pela igreja e ela quase o vê. Anima-se:
– O padre há de entendê.
Volta ao ensolarado das ruas, começa seu trabalho. Papel, papelão, latas de alumínio, assim é sua farta lavoura. Canta também, extasiada:

O meu filho é Deus
Pregado está Jesus
A minha alegria
É que ele estoure a cruz.

Alguém grita: Cala a boca, cariboca. Mas o mundo é tão grande que ela não escuta. De noite, hora da sopa na igreja, encara outra vez o padre:

— Vai batizá meu filho sim, porque não haveria?
— Escolheu o nome?
— Deus.
— Pára com isso, Isolina. Já mandei.
— Sô mendinga de rua mas num minto.
— Filha, faz favor, pega um prato e vai pra fila.
— Se o senhô dizê que batiza.

Ele suspira. Vontade de outras vidas. Uma paróquia no campo. E por que não casado, com filhos, esquecido do corpo?

— Sai da minha frente. Vade retro.

Uma sanha sangüínea, intensos vermelhos, na alma de Isolina:

— Faço estripulia se o senhor não batizá. Viro Exu.
— Está vendo, minha filha? Não disse que é o demônio? Pede perdão, criatura. Reza.

A gritaria atrai Neuzona, conhecida velha, que a puxa pelo braço até o fim da fila. Isolina conta sua revelação.

Neuzona (besta) — Credo, Isolina, tu tá loca.
— Por meu filho sagrado. É verdade.
— Ahh, tá bom. E Ele ia escolhê justo ocê, uma vadia?
— Pois foi.

Neuzona (mangando) — Essas coisa da Bíblia, Isolina, tempo de começo de mundo... num é toda hora, todo dia não (Começa a rir) e nem com qualqué uma (Ri numa seqüência de tosses. No primeiro respiro, mãos nos quadris, continua) Mas qué sabe?... passa mais de ano que tu tá gorda, deve sê filho Dele mesmo (Gargalha).

Laminosa, moída de afrontas, Isolina por bem prefere desistir da sopa e evitar desvarios. Volta pro oco no viaduto. Troncha de tudo, bebe e confabula:

— Cês há de vê (e começa, na terra do oco, a cavar um berço).

Os dias seguintes foram um crescente de luta, cansaço e escárnio. Até daquele besta podre que é Índio Bó:
— Dona Virge Santa, como é que vai seu filho Deus? (E girou à sua volta, saltimbanco de asas e cobertor imundo).
Foi Neuzona que espalhou veneno pra quem pôde. Isso não podia ser. Desfazer da sua barriga santa e do seu filho Deus?
— Mas tu tem mãe, que há de te vingá.
E outra vez, um dia, é noite. Hora da sopa, fundos da igreja. Avista o padre. Também Neuzona.
Pra ele: Batiza ou te furo.
Pra ela: Ocê eu furo de qualqué jeito.
Entre um e outro, o estupor dos presentes e a louca agilidade de Isolina, aqui-ali mais rápida que o susto. O padre desviou fácil, como se habituado. Neuzona, distraída, sentiu o lábio rasgado, a bochecha furada, por pouco não se foi um olho.
— Meu filho é Deus — foi o último grito de Isolina. Depois foi agarrada, socada e chutada. De repente, sangrou. E tanto, que na espera da ambulância perdeu para sempre os sentidos.
No dia seguinte, quase hora do almoço, uma beata entra na sacristia:
— Como vai, padre?
Mal, mas não diz. Sonhos perturbadores, lascivos, acordou consumido. O que era ele, afinal?
— Venho do hospital. A esfaqueada vai bem. Mas a outra... é uma história triste. Não tem filho nenhum. Ela está é podre por dentro, coitada. Um tumor terrível. De hoje não passa nem por milagre.
— Deus... como eu podia saber?
— E quem podia, padre? São destinos que o Altíssimo manda.
Ele pensa que poderia ter sugerido Deolindo. E em como seria bom desaparecer para sempre e nunca mais ser visto.
No fim da tarde morreu Isolina. Neuzona lembrou dela uns tempos. Depois, é claro, foi absolutamente esquecida.

rubens figueiredo

Onde as Montanhas Dançam

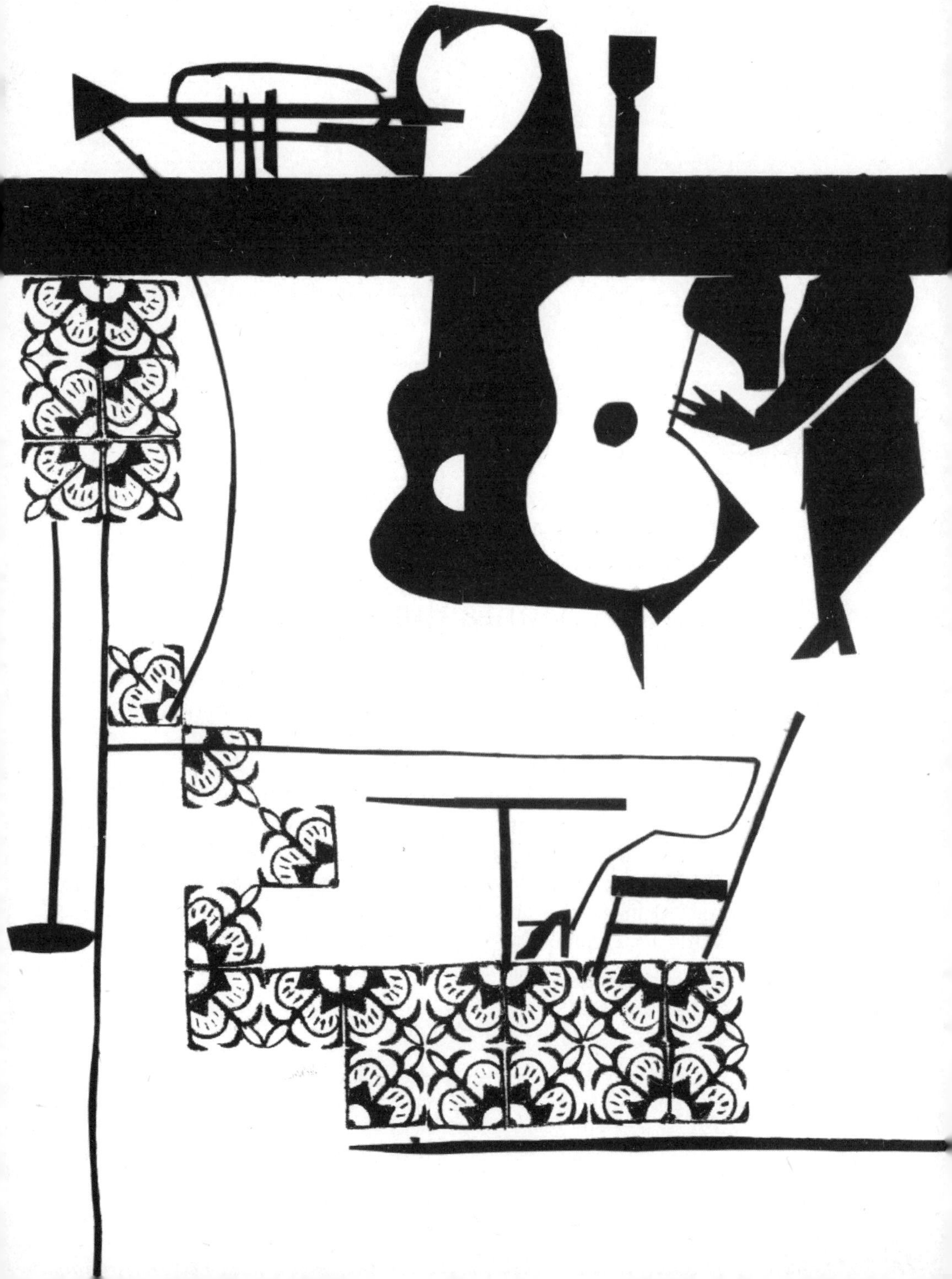

rubens figueiredo

"Rubens Figueiredo nasceu no Rio de Janeiro em 1956, onde reside. É professor de português na rede pública estadual de ensino médio e tradutor. É autor dos seguintes romances: *O mistério da samambaia bailarina* (ed. Record, 1986); *Essa maldita farinha* (ed. Record, 1987); *A festa do milênio* (ed. Rocco, 1990); *Barco a seco* (ed. Companhia das Letras, 2001 – prêmio Jabuti); e também dos seguintes livros de contos *O livro dos lobos* (ed. Rocco, 1994); *As palavras secretas* (ed. Companhia das Letras, 1998 – prêmio Jabuti)". Assim sucintamente respondeu o autor já ganhador de dois prêmios Jabuti quando lhe foram solicitadas informações a seu respeito para a produção desta introdução. Eis o motivo: "...(Rubens) abomina as quantificações", escreveu a crítica literária Rachel Bertol no jornal *O Globo*, em maio de 2002, por conta do prêmio de melhor romance dado a Barco a Seco, livro de Rubens de 2001. Ela segue: "Critica a ilusão com o sucesso (...), quer menos divulgação e mais crítica nos jornais, e luta, cotidianamente, pela autenticidade". O também crítico, Gustavo Bernardo, completa escrevendo que Rubens "demonstra saudável pudor de ser escritor". O inegável é que desde estreou na literatura, em 1986, o autor deste conto que o leitor está prestes a ler tem-se consolidado entre os essenciais nomes da literatura brasileira.

Onde as Montanhas Dançam

A música que eu mais gostava não era música, mas chuva. Não era tanto o chiado macio da água que me agradava, não era tanto o rumor que a chuva levantava do cimento que provocava em mim um repouso. Desde pequena, eu vendia barato para mim mesma a mentira de que aquele som me acalmava, e eu me deixava adormecer com o burburinho da chuva na janela. Mas meu sono era roubado. Eu não o ganhava honestamente.

O que eu gostava naquela música é que ela não exigia o menor esforço. Uma surpresa sem motivo, um improviso dedilhado que o céu concedia de vez em quando. Foi preciso que Augusto partisse para o exterior, foi preciso que deixasse comigo o que era dele para que eu percebesse. Não sei quando Augusto virá, ninguém tem notícia, e os telefonemas à sua procura e à procura de mim também têm sido cada vez mais freqüentes. Respondo que não estou e que ele voltará logo. Mas a impaciência da voz e da língua estrangeira do outro lado começa a se agitar. Sei o que Augusto quer que eu faça, quer que eu tome o que não me pertence. Mas eu não nasci para isso.

Choveu na primeira noite em que voltei a ouvir Augusto tocar em público, depois de alguns anos. Em um palco freqüentado por instrumentistas importantes, Augusto se apresentava acompanhado por três músicos. A platéia, na maior parte composta também de músicos, aplaudia com entusiasmo. Sentiam-se satisfeitos por confirmar os motivos da sua admiração e, ao mesmo tempo, justificar as razões da sua inveja.

Eu tinha sido amiga de Augusto, havíamos começado a estudar juntos, na adolescência, quando morávamos perto um do outro.

Pela janela, eu o ouvia estudar seu instrumento, à tarde, do outro lado da rua. Apesar disso, naquela noite fui até lá quase forçada. Fazia algum tempo que eu só via Augusto por alto, o cumprimentava de passagem – algo nos havia afastado um do outro, algo que talvez tivesse a ver com a crescente fama de Augusto. Além disso, estava cansada. Tinha passado o dia gravando músicas para anúncios e podiam me chamar de novo no dia seguinte. Mas, depois das duas primeiras músicas da apresentação de Augusto naquela noite, exclamei:

– Pensei que na nossa geração o melhor fosse o Silveira. Mas o Augusto foi muito além.

Silveira tinha ido para o exterior e era agora uma espécie de lenda, já um pouco apagada pela distância. Mas se havia algum tipo de glória no nosso ofício, ela se exprimia em ir tocar no exterior. Eram bem frouxas as evidências de que essa glória existisse, mas ninguém se empenhava em pôr à prova aquela crença. Era reconfortante pensar que pelo menos lá, em um lugar remoto, alguma coisa devia acontecer, alguma coisa devia existir.

A minha lembrança de Silveira deve ter assustado um pouco mais os amigos em volta da mesa e, por isso, seus aplausos ressoaram com mais estrondo ao final da música. Embora eu soubesse que era um erro, naquele instante acabei pensando: "O Augusto deve estudar o dia inteiro". E, logo depois, um outro engano: "Amanhã vou acordar cedo e estudar o dia todo".

Notei que Augusto, no palco, dirigia o olhar na minha direção. As luzes confundiam tudo. Cores se cruzavam no ar e as sombras disparavam enxames de gafanhotos pelas paredes. No rosto de Augusto, vários rostos deslizavam um sobre o outro, em uma escadaria de testas e narizes, rolando para a escuridão. Tive a impressão de que ele sorria de leve para mim. Sonhei que ele, à distância, estaria aprovando a decisão que eu havia acabado de tomar.

Quando éramos mais novos e mais amigos, Augusto parecia sempre disposto a elogiar minha facilidade em tocar de improviso coisas que ele demoraria dias para executar. Pelo menos, era o que ele dizia e, verdade ou não, o resultado é que eu, na mesma hora, sufocava de vergonha diante dele, por ter tocado aquilo sem sequer notar o que fazia. Caso eu tentasse outra vez, meus dedos travavam, minha mão pesava com os escrúpulos de um ladrão apanhado em flagrante e as notas chegavam a formigar na ponta dos dedos, mas eu me continha e elas não saíam mais do instrumento.

Nas aulas, o professor me repreendia ao ver que eu não tinha praticado os exercícios da semana, e me deixava de lado, passando para o aluno seguinte. Eu concluía que ele estava certo e, no fundo, até agradecia-lhe por agir assim. Augusto muitas vezes me procurava depois da aula, acompanhava-me para me animar, pedia para eu explicar um acorde que tínhamos ouvido num disco e que ele não conseguia descobrir como se formava.

Depois do espetáculo daquela noite, Augusto dedicou a mim uma atenção maior do que era de se esperar. Apresentou-me a músicos famosos, sublinhou meu nome com a ênfase que havia guardado por todos aqueles anos. Depois, sem que ninguém ouvisse, repreendeu-me por insistir em tocar em gravações de publicidade e vinhetas de rádio. Criticou minha teimosia em não levar a música a sério. Em volta, todos o elogiavam, mas achei que seu sorriso ao ouvi-los pesava no rosto com um cansaço estranho.

Minha idéia de acordar cedo para estudar acabou varrida pela sonolência. Quando o despertador tocou, achei que já não era tão cedo assim. Augusto já podia muito bem estar estudando havia meia hora. Concluí que era inútil ir atrás dele e deixei que o sono me carregasse de novo para o fundo. Quando acordei outra vez, demorei demais a afinar o instrumento. Suspeitei de um parafuso, impliquei com uma chave, algum misterioso empenamento na madeira me deixou intrigada por um longo tempo. Inventei umas frases interessantes mas sem seqüência, brinquei com três ou quatro acordes a esmo, até que, no apartamento vizinho, alguém ligou uma lixadeira elétrica. Pus o instrumento de lado e desisti de estudar.

Ao sair do banho, esbarrei num vidro de colônia que caiu, quicou na borda da pia e se fez em pedaços. De repente, notei que o indicador da mão esquerda estava cortado e o talho parecia mais ou menos profundo. O sangue riscou a louça da pia, mas a dor só acudiu em seguida. Eu apertava um pano no dedo, irritada com a minha estupidez, e tive dificuldade em estancar o sangue. Durante um tempo, meus pensamentos ainda giraram às cegas pelo banheiro, mas logo me veio o entendimento, o centro da espiral: com o dedo cortado, não poderia tocar durante dias.

Naquela noite, houve uma segunda apresentação de Augusto. Também tive de ir, pressionada pelos amigos, e era inevitável que a atadura no dedo não chamasse a atenção. Eu tinha feito o curativo às pressas e a gaze formava um calombo exagerado. Através das camadas de gaze, ninguém podia deixar de ver uma sombra avermelhada e viva arder no fundo. Entre meus amigos músicos, aquilo tinha de suscitar sentimentos mais graves do que para a maioria das pessoas. Qualquer coisa que ponha a nu a fragilidade dos dedos acena, para eles, como um mau agouro.

Quase todos que falavam comigo repetiam em tom de lástima que eu teria de ficar vários dias sem tocar e depois outros tantos para recuperar o calo. Já eu olhava com gratidão para o curativo, para o dedo cortado e a vida vermelha, em brasa, que respirava por trás da nuvem de gaze. Depois da apresentação, quando Augusto também lamentou o acidente no meu dedo, eu podia jurar ter visto uma curva de ciúmes, um certo tremor na maneira de Augusto procurar, com os olhos, a chama que vibrava no fundo do curativo.

Foi o corte no dedo que deu a Augusto a chance de tentar recompor a antiga amizade comigo. Passou a me telefonar bastante. Tornou-se comum almoçarmos juntos e notei que, aos poucos, ele adquiria certas manias alimentares que eu havia desenvolvido ao longo do tempo. Adotou também opiniões e gostos que eram meus e, pensando nisso agora, lembro que chegou a assimilar meu cacoete de ficar enrolando fios de cabelo na ponta dos dedos.

A surpresa foi descobrir que Augusto tinha o hábito de comprar uma revista sobre expedições a países distantes e se detinha na observação das fotografias. Era comum Augusto almoçar com uma dessas revistas abertas ao lado do prato. Ele mastigava devagar, com um movimento de semicírculo da mandíbula, no qual reconheci uma imitação da minha própria maneira de comer. Mas Augusto, a cada garfada, parecia sorver as linhas das montanhas e dos horizontes, agarrar entre os dentes a profundeza dos céus e dos vales, que se estendiam naquelas fotos. Podiam ser florestas, desertos, ilhas, podiam ser cordilheiras azuladas. Eu me contentava em ver naquilo uma distração, não queria admitir que fosse uma confidência.

Por essa época, comecei a ouvir tímidas críticas à maneira de Augusto tocar. Eram raras e sempre cercadas de elogios. Eu ainda não sabia do que estavam falando, mas Augusto devia estar ciente de que uma barreira protetora aos poucos se rompia à sua volta. Os comentários acusavam a presença de fórmulas repetidas, soluções que poderiam se tornar previsíveis demais nas suas apresentações. Nada que outros ótimos músicos também não cometessem o tempo todo. Mas a velocidade da fama de Augusto havia atiçado um incêndio entre os colegas. Já começavam a falar em convites para ele tocar no exterior.

Um dia, Augusto perguntou se eu não queria tocar com ele, de brincadeira, num dos seus ensaios. Só então percebi que meu dedo estava curado, o talho se fechara numa ruga cor-de-rosa. Por mais que eu comprimisse a ponta do dedo, não sentia dor, mas ainda faltava criar o calo. Tentei me esquivar. Porém, nos dias seguintes, os músicos que acompanhavam Augusto me convidaram apenas para assistir ao ensaio, e tanto falaram que acabei indo.

Depois de repetirem as passagens especialmente difíceis, o ensaio tomou um rumo mais descontraído. Um dos músicos sugeriu que eu também tocasse. Os outros insistiram e lembro agora que Augusto foi o único que nada falou naquele momento. Apesar disso, empunhei o instrumento já convencida de que tudo fora idéia de Augusto.

Nas minhas mãos, o instrumento emprestado deu a impressão de se encolher um pouco. Sem calo, meu dedo estranhou a fricção das cordas. Percebi, após alguns minutos, que minha mão corria um pouco mais solta, e logo esqueci o que estava fazendo. A certa altura, a massa da música cresceu. Augusto, com um movimento discreto, recuou para um canto mais sombrio do estrado. Virou-se de lado e, pouco antes de voltar-se para a parede e dar as costas para todos, esboçou, com o ombro e com a ponta do instrumento, um golpe mais profundo contra o ar e contra a sombra, onde achei que ele queria se esconder. Nesse instante, notei que minha mão buscava as cordas com um propósito mais claro. Tive a certeza de que Augusto havia parado de tocar e que sua última nota viera cair na minha mão, como um respingo de chuva.

Dessa nota, derivaram outras. Não muitas, é verdade, mas todas faziam sentido, minha mão parecia tocar sozinha, uma serpente deslizava pelos meus dedos. Assustei-me. Naquele momento, passou pela minha cabeça que aquela era a virtude do bom músico, do artista inspirado. Lembro que me senti feliz, na hora, sem a menor responsabilidade nos ombros. Mas eu era uma boa instrumentista? Por acaso eu tinha inspiração?

Durou só um instante. Logo em seguida, Augusto tomou de volta as notas e prosseguiu sozinho. Tive a sensação de que minha mão travava de repente, tolhida ainda no ar. Enquanto isso, Augusto se afastou da orla de sombra onde havia se retraído, no fundo do palco, e virou-se de novo de frente para os outros.

Passaram algumas semanas sem que Augusto me telefonasse, o que me trazia o alívio de não ter de pensar nele. Augusto afinal me ligou e pediu um favor. Tinha de passar três dias tocando em outra cidade e havia uma obra inacabada no seu apartamento, alguma loucura envolvendo canos e azulejos, no banheiro. Pediu que eu ficasse lá, o tempo que pudesse, enquanto o bombeiro trabalhava. Concordei, mas só depois lembrei que nunca tinha ido à casa dele.

Depois de abrir a porta para o bombeiro e seu ajudante, vi-me sozinha na sala, rodeada pelas coisas que pertencem a Augusto. Segurei um copo, ciente de que era nele que ele bebia. Experimentei entre os dedos uma palheta, sabendo muito bem que Augusto devia tocar com ela e vi que aquele contato era confortável. Chego a lembrar que o chão e as paredes pareciam se moldar em torno de mim com a aderência de uma pele. Creio ter experimentado a sensação de que entrara em um corpo vazio, abandonado. Isso, pouco antes de eu pegar o instrumento de Augusto.

Minha mão deslizou pelas cordas sem fazer ruído, correu pelas curvas da caixa de ressonância e provei o peso do instrumento com um contato familiar. Vi no chão um gravador de oito canais, com uma fita já no ponto. Não me acanhei em ligar o gravador e constatar que a fita tinha livre apenas um dos canais. Nos outros, quatro músicos executavam arranjos esmerados, aguardando somente as intervenções de Augusto, a serem gravadas no canal em branco.

Meus olhos esbarraram numa daquelas revistas de explorações, também no chão, ao lado do meu pé. Enquanto a fita tocava, distingui a imagem de um vale imenso, coberto de neve, guardado, ao fundo, por montanhas que pareciam querer dançar. Um pouco fora de mim, pensei: Augusto está longe daqui. Então, algum nó se desatou no fundo do meu medo e, quando fiz vibrar as cordas do instrumento, vi-me impelida para o alto, no impulso de uma maré desconhecida.

Meio sem pensar, eu havia ligado o gravador. O canal até então limpo naquela fita foi sendo marcado pelas notas que inventei, riscado pelas melodias e acordes que se precipitavam à minha volta, em uma espécie de paisagem móvel, que se ampliava mais e mais.

Sei que não devia ter encostado os dedos no instrumento de Augusto. Mas era isso o que ele queria. Tenho certeza de que havia preparado tudo para mim, naquela sala. Quando Augusto, depois, enviou ele mesmo a fita para o exterior, para aqueles quatro músicos famosos que buscavam um novato de talento a fim de tomar parte de uma excursão por vários países, sabia muito bem que não era ele quem havia tocado. Bastava apagar aquele canal da fita e gravar por cima, tocar ele mesmo, como sabia e podia fazer bem melhor do que eu.

É difícil acreditar, mas dizem que Augusto foi para um país minúsculo, montanhoso, onde as poucas estradas são de cascalho. Uma região cujo nome ninguém garante saber pronunciar, mas que todos afirmam ficar no outro lado do planeta. A voz no telefone disse que logo virá alguém me buscar. Sorte do Augusto, que tinha algum lugar para ir. Quando o estrangeiro vier me levar, o que vou dizer? Como vou explicar? De que modo posso fazê-lo entender que eu não nasci para isso?

SÉRGIO SANT'ANNA

Páginas sem glória

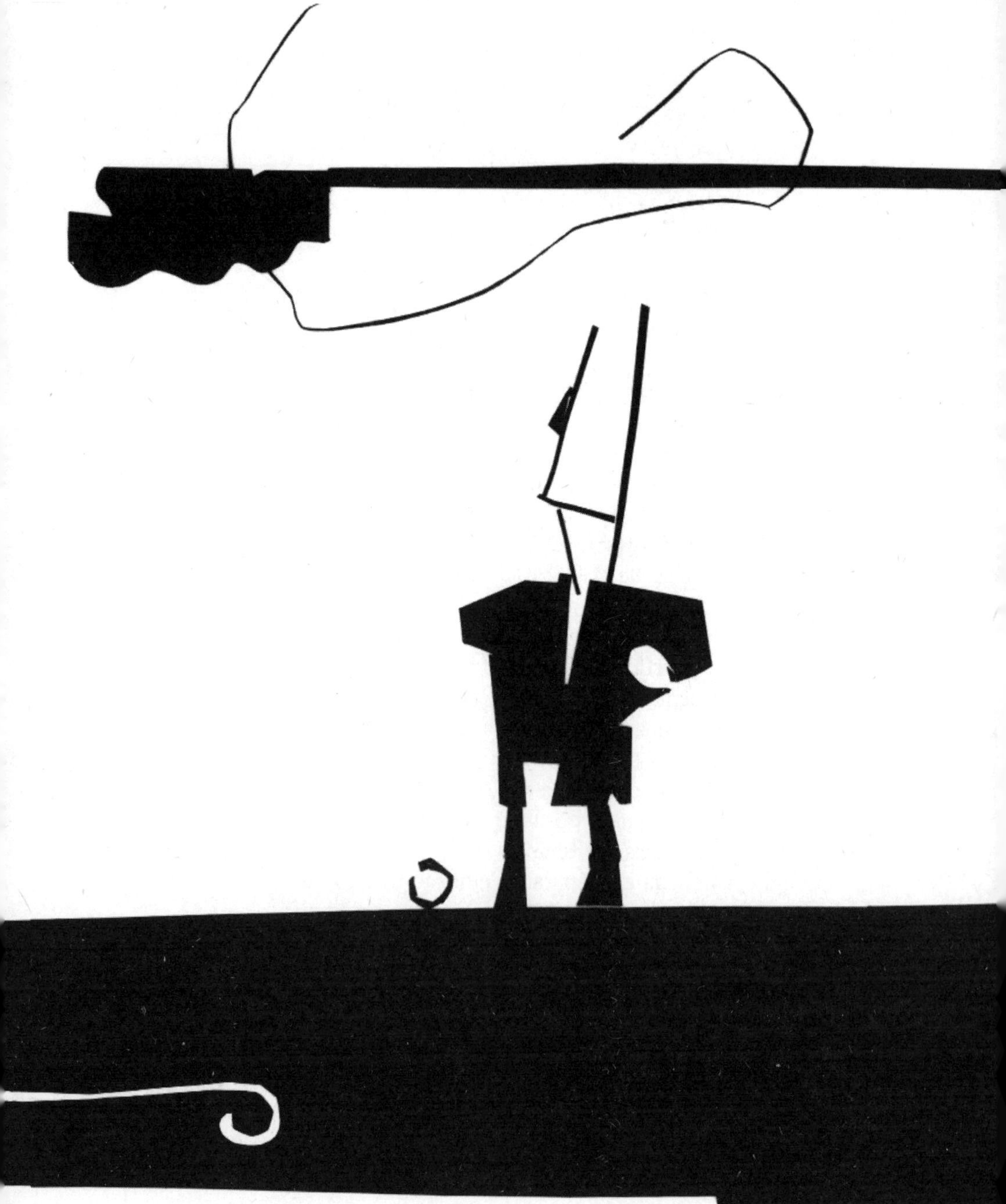

SÉRGIO SANT'ANNA

Sérgio Sant'Anna nasceu em 1941 no Rio de Janeiro. Iniciou sua carreira de escritor aos 28 anos, com a coletânea de contos *O Sobrevivente* – que o levou a participar do *International Writing Program* da Universidade de Iowa, nos Estados Unidos. Teve obras traduzidas para o alemão e o italiano. Por três vezes, recebeu o Prêmio Jabuti, com os livros *O Concerto de João Gilberto no Rio de Janeiro* (1982); *Amazona* (1986) e, o mais recente deles, *Um Crime Delicado* (1998) – romance policial embebido por uma instigante relação de amor entre um crítico de arte e uma modelo que trabalha para um artista plástico. Sérgio Sant'Anna é um dos mais evidentes representantes de uma seleta comunidade internacional da imaginação, formada por escritores como Thomas Pynchon e John Barth – para os quais o mundo existe para ser transformado nos "mistérios gozosos" da literatura. O autor se caracteriza por quebrar regras, ampliar contornos e questionar agudamente os limites do conto, buscando uma nova experiência narrativa. Mais do que a consumada e arrebatante emoção estética, o que busca é a cena – situação concreta em que brota esse sentimento.

Páginas sem glória

No tempo do Zé Augusto, o Conde, além das divisões de juvenis, aspirantes e profissionais, havia uma outra turma dentro dos times grandes, que podiam se dar a esse luxo: a do come-e-dorme. Como o próprio nome indica, era um pessoal que ficava apenas treinando, à espera de uma oportunidade: fosse nos aspirantes, os que haviam estourado a idade de juvenis, mas não estavam no ponto para o futebol de adultos; fosse nos profissionais, os que se encontravam em experiência ou sem contrato, muitos deles com categoria e idade respeitáveis demais para serem meros aspirantes. Os que tinham passado do ponto, enfim. Aliás, existem os que passam do primeiro ao último estágio, na vida, sem atingir o tal ponto. Resta, para os mais sábios, a alegria de apenas ser, afinal o único objetivo inequívoco da existência.

Era no come-e-dorme que o Zé Augusto, com vinte e três anos, estava sendo testado no Fluminense, que se preparava para uma rápida excursão à Europa, antecedendo o campeonato carioca de 1955, quando se produziram dois acontecimentos fundamentais para a sua carreira. O primeiro deles foi uma contratura muscular sofrida pelo centroavante e artilheiro Valdo, num coletivo dos titulares contra os aspirantes. O técnico olhou para a margem do campo, onde o pessoal do come-e-dorme e dos juvenis se aquecia para um treinamento entre os dois grupos, e lembrou-se das informações prestadas por meu tio. O clube estava cheio de sócios palpiteiros, e Gradim, o técnico, com toda a sua experiência, já aprendera havia muito a desconfiar desse tipo de indicação de jogadores desconhecidos, que só dava certo uma vez em vinte, ou mais. Ele tinha seus próprios informantes no interior dos estados do Rio, Minas e São Paulo, para formar o time de juvenis, numa prática que costumava produzir melhores resultados, abastecendo, depois que o jogador amadurecia, o time de profissionais. E jogador com a idade do Conde que estivesse dando sopa no Rio, sem clube para jogar, não devia ser lá grande coisa. Mas Gradim era amigo do meu tio e mandou o Zé Augusto terminar o treino no lugar do Valdo.

Se o técnico estivesse se importando muito com aquele teste, não teria entrado no vestiário junto com o centroavante titular para ver se a contusão dele era grave. O que acabou sendo sorte do Zé, porque nos primeiros quinze minutos ele não viu a cor da bola. Os companheiros não o conheciam – para não dizer que não o desejavam – e, além disso, o Conde estava fora da sua verdadeira posição, tendo de jogar bem na frente, na função do Valdo. No futebol de praia, ele era mais um ponta-de-lança. Presente nas finalizações, porém voltando bastante para buscar jogo.

Então o Zé praticamente se limitava a esperar passes que não vinham e a assistir ao treino dentro do campo. Num determinado momento, até olhou para o céu, onde havia nuvens negras. Correr atrás da defesa adversária para roubar a bola, nem pensar, pois não estava a fim de cair na roda como bobo, o que confessou depois a meu tio. Não que estivesse aborrecido com o boicote dos companheiros, mas também não fizera muita questão de vir tentar a sorte no Fluminense. Estava ali por circunstâncias, inclusive financeiras, e para ver como é que era. E via. O treino era chato; o calor, abafado, e o seu fôlego, comparado com o dos profissionais, era pouco.

Foi quando desabou uma tempestade e o treino virou pelada. Este foi o segundo acontecimento fundamental, naquela manhã, para a trajetória do Zé Augusto. A bola encalhava nas poças d'água, o gramado virava rapidamente lama, e os companheiros do Zé começaram não propriamente a destinar-lhe passes, mas a dar chutões para a frente, onde ele se encontrava posicionado. A defesa dos aspirantes começou a dar pixotadas, naturais nesse tipo de terreno, e, numa dessas, a bola espirrou e caiu no pé do Zé Augusto, na intermediária adversária. O que fazer? Em cancha encharcada, nada aconselha a trocar passes ou a correr com a bola. E o zagueiro responsável pela falha já vinha com tudo para cima do Zé.

Para quem estava acostumado com a areia fofa, apesar de nela jogar descalço, era simples: com o bico da chuteira, o Zé levantou a bola da lama, encobriu o zagueiro e deu uma corridinha para receber o passe dele mesmo lá na frente, já na entrada da área. O goleiro não teve remédio senão vir a seu encontro. Encurvado, abriu os braços para fechar o ângulo e fixou os olhos no atacante.

Até aí nada, porque era o que mandava a boa técnica. Só que o goleiro era ninguém menos que o Castilho, treinando entre os reservas para ser mais exigido pelo ataque do time principal. E o olhar e os braços enormes do Castilho, titular da seleção brasileira, pareciam o olhar feroz e as asas abertas de uma águia. Mas o grande goleiro se esqueceu de fechar as pernas, talvez porque fosse um simples treino; talvez porque tivesse diante de si apenas um novato desconhecido, a quem bastaria impor respeito.

Não que o Augusto quisesse desrespeitar o Castilho, mas respeito demais também não tinha, pois não acompanhava o futebol profissional de perto. As pernas abertas do outro estavam pedindo e o Zé enfiou a bola entre elas, porque era o caminho mais fácil para o gol. Um diretor entrou no vestiário e passou a informação ao Gradim: "O novato marcou um gol entre as pernas do Castilho".

O técnico veio assistir. A essa altura os titulares já encaravam o Zé Augusto com alguma consideração e queriam testá-lo de verdade, talvez para o desmascararem depois da petulância com o Castilho. Passaram-lhe uma bola entre duas poças d'água, outra vez na intermediária, pois o Conde estava recuando instintivamente para a sua verdadeira posição. Bom, primeiro era preciso tirar a bola da poça e ele tirou, com um toquezinho, para depois pisar sobre a pelota numa pequena elevação formada pela lama, parecida com aqueles montinhos de areia na praia. Descobrindo o ponta livre na esquerda, o Zé dirigiu-lhe um passe longo, pelo alto, como garantia de que chegaria ao seu destino. E correu para, possivelmente, receber a bola de volta na meia-lua da área.

O estilo do ponta-esquerda, o mineiro Escurinho, era o de pôr a pelota no chão e correr com ela, em grande velocidade. Mas, com o gramado naquelas condições, não dava. E o Escurinho, contrariando suas características, devolveu a bola de primeira, com a cabeça, para o Zé Augusto, que, penetrando entre os dois zagueiros de área, emendou com um chute seco, de sem-pulo. Não foi gol, porque a essa altura o Castilho já estava alertado, com os brios mexidos, e esticou-se todo, pondo a bola para escanteio e se esparramando na lama. Houve aplausos, dos poucos sócios e torcedores fanáticos que assistiam a treinos. Os aplausos, sem dúvida, eram mais para o Castilho, grande ídolo tricolor. Mas se o Castilho fora obrigado a empenhar-se numa defesa espetacular num reles treino, era porque alguém o obrigara a isso. E esse alguém era um novato com o apelido de Conde, como já começava a correr de boca a boca.

O treino havia virado jogo e talvez o Zé não soubesse disso. Porque pisou na bola de propósito sobre uma poça, esparramando água suja, apenas para confundir o zagueiro central dos aspirantes. Este não teve dúvidas: deu uma pregada no Zé, para castigar sua ousadia. O Conde deveria, pelo menos em tese, estar tomando sua primeira lição séria de futebol profissional: não brincar em serviço. Aquele zagueiro, sem qualquer força de expressão, estava defendendo o leite das crianças. Queria uma chance no time de cima e o Zé, assim, o ridicularizava. E nem olhou para o atacante se contorcendo no chão.

O técnico resolveu encerrar o treino, para não arriscar os jogadores a mais contusões naquela cancha encharcada, depois do que já acontecera com o Valdo e agora com o novato. O próprio Castilho estava se queixando de dores no ombro após aquele defesaço.

José Augusto, o Conde, saiu de campo mancando, mas, em poucos minutos, tinha marcado um gol de craque e obrigado o Castilho a sujar o uniforme todo de lama.

Os diretores do Fluminense sabiam que, às vezes, vinham olheiros de outros clubes aos treinos em Laranjeiras, entre outras coisas para aliciar jogadores sem contrato. Havia rumores de que o Tigela, técnico do Conde na praia, dera com a língua nos poucos dentes e de que o Vasco estaria interessado no Zé. Então, apesar de o Gradim pedir um pouco mais de tempo para observar o jogador, o diretor de futebol profissional mandou o Zé Augusto passar no dia seguinte no clube, para discutir as bases de um contrato. Pois não fora o Castilho mesmo, com muito espírito esportivo, que dissera ao novato no vestiário: "Rapaz, prefiro ter você no meu time do que nos outros"? E o fato é que, na tarde seguinte, o Zé telegrafou ao pai em São Paulo: "Arrumei um emprego. Vou ficar no Rio. Talvez vá até à Europa. Beijos na mãezinha".

Como fiquei sabendo disso tudo? Dessas últimas coisas por meu tio, mas, quanto ao treino, eu estava lá assistindo.

CONSELHO REGIONAL DO SESC DE SÃO PAULO

Presidente: ABRAM SZAJMAN
Membros Efetivos: ANTONIO FUNARI FILHO, CARLOS EDUARDO GABAS, CÍCERO BUENO BRANDÃO JÚNIOR, EDUARDO VAMPRÉ DO NASCIMENTO, ELÁDIO ARROYO MARTINS, FERNANDO SORANZ, IVO DALL'ACQUA JÚNIOR, JOSÉ MARIA DE FARIA, JOSÉ SANTINO DE LIRA FILHO, LUCIANO FIGLIOLIA, MANUEL HENRIQUE FARIAS RAMOS, ORLANDO RODRIGUES, PAULO FERNANDES LUCÂNIA, VALDIR APARECIDO DOS SANTOS, WALACE GARROUX SAMPAIO.
Suplentes: AMADEU CASTANHEIRA, ARNALDO JOSÉ PIERALINI, HENRIQUE PAULO MARQUESIN, ISRAEL GUINSBURG, JAIR TOLEDO, JOÃO HERRERA MARTINS, JORGE SARHAN SALOMÃO, JOSÉ KALICKI, JOSÉ MARIA SAES ROSA, MARIZA MEDEIROS SCARANCI, MAURO ZUKERMAN, RAFIK HUSSEIN SAAB, VAGNER JORGE.
Representantes no Conselho Nacional. Efetivos: ABRAM SZAJMAN, EUCLIDES CARLI, RAUL COCITO.
Suplentes: ALDO MINCHILLO, MANUEL JOSÉ VIEIRA DE MORAES, UBIRAJARA CELSO DO AMARAL GUIMARÃES.
Diretor do Departamento Regional: DANILO SANTOS DE MIRANDA.

Impressão e Acabamento
GEOGRÁFICA editora

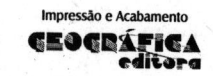